洗鉛華

上

那些發生過的事情，如同吹散的蒲公英，落到各個角落，然後紮根，發芽，
最終生長成一片汪洋大海，一發不可收拾。

七月荔

洗鉛華

目錄

序

自小開始，每晚的睡前時光，就是獨屬於我的腦洞世界。

或許是因為懶惰，每次拿起筆剛寫下腦洞的開頭後，就會因為種種原因半途而廢。

大學畢業後，輾轉拚搏了兩年，「寫作」這個愛好似乎完全被置之腦後。直到換了份清閒的工作，加上自己實在「書荒」，才讓我再次萌生出「自己寫作」的想法。

於是閒暇之時，我又拿起了筆，最初其實並沒有什麼了不起的寫作計畫，甚至連大綱都沒有寫好，洋洋灑灑地寫了個開頭就發了出去。

然而當文章發出去後，收到的第一個贊同，第一條評論，第一個私信催更，第一個特地為我的小說而設計的封面……都變成了我堅持寫下去的動力。

我也第一次體會到了語言文字的力量，和它帶來的共鳴。
世界上的人那麼多，卻總能在文字裡面找到靈魂共通的地方。
從我敲下小說開頭的第一個字後，所有的記憶都變得有了溫度。
《洗鉛華》最開始動筆時間是在二〇一九年底，於是它也變成了陪著我跨年的一個作品，和一群人。
不管過去多久，相信它都是讓我印象最深刻的一個「孩子」。

七月荔

第一章 保命攻略・上

1

「禮成——送入洞房。」

陌生又尖細的聲音刺入耳膜，我下意識地皺起眉頭，勉強睜開眼後入目是一片紅。

我想抬手扯去擋住視線的那抹紅，卻發現身體竟然無法動彈。

耳邊聲音不斷——

「恭喜晉王得此貴女……」

「華小姐和晉王真是郎才女貌……」

……

直到屁股挨著床榻，耳邊漸漸安靜下來後，我才發現自己終於有了對身體的掌控權。

我迫不及待地扯下那抹紅，眼裡總算有了些別的顏色。

我低頭一看手裡的那抹紅：紅蓋頭？

再看自己的衣服：鳳冠霞帔？

我抬起頭：古色古香的屋裡，燭火搖曳。

我僵硬地轉動脖子，看到一個眉清目秀的丫頭，十六、七歲的模樣。

只見她一臉驚慌，抬手奪過我手中的蓋頭重新給我蓋上。「小姐，大婚之夜，這蓋頭是要等王爺過來揭的，妳怎麼能自己拉下來？多不吉利！」

視線再次被紅色占據後，我傻愣了片刻，結合剛才聽到的喧譁聲，我終於慢慢反應了過來。

想起方才一路上聽到的恭維聲：晉王、華小姐……

聽著真是分外耳熟。

耳邊又響起那丫頭的聲音，徹底證實了我的猜想：「小姐，妳如今嫁入晉王府，可不比在華府自在了，夫人之前還一再叮囑奴婢……」

晉王、華府……

我試探性地開口：「千芷？」

「奴婢在。」回應聲響起後，我閉上了眼，深吸了口氣，努力遏制住自己想口吐芬芳的衝動。

因為方才我叫出的這個名字，正是我熬夜追的小說裡一個丫鬟的名字，所以我這是……穿越了？

只是因為熬夜追小說，忍不住在上班時打了個盹兒，結果一睜眼我就結婚了？對象還是我熬夜追的小說裡的男主——仲夜闌。

作為一個剛大學畢業的二十三歲適齡女青年，正是我相親……啊呸，正是在社會大展宏圖的好年紀，怎麼打個盹兒就穿書了？

努力按捺住如一團亂麻的心緒，我再次扯下了蓋頭。無視千芷的阻止，我彆扭地開口：「千芷，妳……去幫我備些熱水，我身子……乏了。」

「可是等下王爺……」

「他不會來的。」我打斷了千芷的話，逕直走到鏡子前，開始拆鳳冠。

因為我穿越進的這個身體的原主人，並不是那本小說裡的女主……而是最不討喜的「白蓮花」女配角。

作為小說裡最不討喜的惡毒女配角——華淺，她一如所有言情文裡的惡毒女二一般頗工於心計，行事也是狠辣無情，今日的這場婚禮，在原小說裡也是她謀劃來的。

她先是對男主下藥，假裝失身於他，之後又假裝為清白自殺未遂，才如願嫁入晉王府，正是所有「白蓮花」慣用的套路。

好在小說裡男主角雖娶了她，但是從未碰過她，可能是作者有心理潔癖，這倒是讓我鬆了口氣。

身後的丫鬟千芷躊躇許久還是默默退下了，按我吩咐的去做。

剩我一人的梳妝檯鏡子裡，映出的果然是一張陌生的臉。

只見鏡中人眉目如畫、顧盼生姿，盡顯柔弱之美，果然是男人最喜歡而女人最討厭的長相。

行若扶柳，心如蛇蠍。

這八個字是我看完小說後對女二的點評，其父親是當朝宰相，華氏一族也是世家貴族。

她生得是柔美無辜，琴棋書畫也是樣樣精通，可偏偏一手好牌打得稀爛。

原來華淺和男主仲夜闌算是自小便認識，男主前期因誤會錯認，才對她傾心。

而真正的女主名叫牧遙，其父親是邊城太守，因政績斐然才調到京城任職，由此也開始了這段三角虐戀。

坐在熱氣騰騰的浴桶裡，我一直懸空的心也沒有半點緩和。

一方面是我無緣無故穿書這一事實的衝擊；另一方面是我在害怕……小說裡女二的結局可是非常之慘，因其惡毒，所以作者給她安排了一個大快人心的悲慘結局——先是淪落勾欄，然後萬箭穿心而死。

看的時候只感覺痛快，可是換到了自己身上，想想就心口疼。

只怪我穿越過來的時機太倒楣，今日的這場婚禮算得上是小說的轉捩點，因為婚禮過後的第十天，便是女主一家被斬首之日，罪名則是女二的父親華相一手編造的「叛國」。

女主之前在全家的掩護下沒有被抓入獄，想找男主求助，卻撞見仲夜闌和一直假稱是自己好姊姊的華淺的婚禮。

萬念俱灰之下，女主暴露了行蹤，被男主察覺後，男主便把她藏了起來。之後女主無能為力地看著自己的親人在午門被斬首，開始忍氣吞聲地躲在晉王府，一方面和男主虐戀情深，一方面追查真相。

按小說裡的情節發展下去，接下來就是女主牧遙性情大變，開始觸底反彈的爽文路線了。

在女主光環的庇護下，她不僅找出了華氏的罪證，還和男主敞開了心扉。最後在男主幫助下，她面聖陳情，使作惡的華氏一族落得同樣的下場，男子皆斬首，女子入奴籍。

回憶得入了神，浴桶裡的水涼了我都沒有察覺，還是屏風後千芷的聲音打斷了我的回憶：「小姐……王……爺在前廳喝多了，怕驚擾妳，託人傳了口信，說今晚就在書房歇下了。」

果然和小說一樣，此時男主應當是發現了女主的蹤跡，兩個人正在上演虐戀情深的苦情戲碼。

掬了捧半涼的水潑到臉上，才讓我混亂的腦子好了些。起身開始更衣，我需要釐清自己的思緒，就先不管他們了。

雖不知我來到這裡是何緣故，但是目前我需要應對的形勢並不樂觀，與其想著一些沒用的抱怨，還不如快些接受再謀新出路。畢竟我可不是原主華淺，不能就這樣坐以待斃。

那麼如今第一個問題就是女主牧遙。

原華淺做了那麼多壞事，此時牧遙剛識破她的真面目，就算我現在跪在牧遙面前剖腹自盡懺悔，她也未必會原諒，所以我只能另闢蹊徑、徐徐圖之。

第二個問題是男主仲夜闌。

他目前之所以喜歡華淺，是因為錯把小時候遇見的那個姑娘認成了她，現在知道此事的只有當事人牧遙和我。

這件事就像一顆定時炸彈，必須由我告訴仲夜闌，若是從牧遙口中說出來，恐怕我就更死無葬身之地了。

不過在小說裡，可是虐了兩百多章後牧遙才告知他這件事，現在我還有差不多一百章的時間去改變劇情，至少扭轉一下仲夜闌的看法，最好讓他在心裡能對我……有所虧欠。

日後我說出來此事，可以互相抵消，不然我現在作死地跑過去說，恐怕暴虐的男主會直接拿刀砍我。

前途未卜，隨遇而安，我要……活著，這是我穿越過來之後唯一的念頭。

2

一夜輾轉反側，感覺我剛睡了片刻，千芷的聲音就在幃簾後響起。

「王妃，時辰不早了，該起了，今日還需進宮呢。」

這個稱謂讓人頗感不適應，看著千芷一臉的喜氣洋洋，我心裡卻是壓抑得很。

昨晚憂思過重，整晚勉強睡了兩、三個時辰，現在頭沉甸甸的。

強行按捺住滿身的不自在，任由千芷給我梳妝打扮。

只是看到一櫃子的白色羅裙時，我還是不由得皺起眉頭開口：「這怎麼都是白色的？」

千芷一臉驚訝地看著我道：「小姐不是向來只喜歡白色嗎？」

這「白蓮花」還真是緊緊貼合自己的人設呀。

正欲開口讓千芷日後訂作一些其他顏色的衣服，忽然聽到門外有聲音傳過來：

「奴婢見過王爺。」

轉過身，看到一個高大的身影逆光而立，初晨的太陽透過他的輪廓落在地上，我微瞇雙眼，這才看清他的面容。

這還是我和名義上的相公第一次見面。

一張薄冰般冷漠的容顏一點點從陽光裡走到我的眼前，這張臉逆著日光透出些許蒼白，站在面前俯視我時，目光彷彿冰刃，能刺到人心頭上。

果然生得好相貌。

回想起關於男主的設定，他的性情和大多數言情小說裡的套數一樣，暴虐冷血，唯獨對所愛之人柔情。

一開始因為誤會，以為女二是他所愛，才會庇護她，在發現了自己的真愛並識破女二的真面目後，遂幡然悔悟，不再看顧女二半分，任她自生自滅。

只見眼前的仲夜闌長腿一邁，幾步到了我身邊，開口：「昨夜貪杯多喝了幾杯，怕驚擾妳，便在書房睡下了，阿淺可會怪我？」

看著他微微閃躲的目光，我回憶了一下，現在的牧遙應該是被關在這晉王府的哪個地方。

他已經對女主動了心，偏偏自己不知，果真是當局者迷。

心裡無數念頭閃過，面上卻是半點不顯，我按昨日找千芷惡補的禮儀行了一禮，開口：「臣妾不敢。」

說多錯多，在沒有探明白處境之前，我還是謹言慎行比較妥當。

然而禮剛行到一半，一雙寬大的手就把我拉了起來，仲夜闌的掌心如同兩把烙鐵燙在我的手腕。

此時他眼裡的疼惜也是真心實意的，在看清華淺真面目之前，小說裡的仲夜闌，確實是真心對她好的。

「妳我之間不必用這些稱謂，還像以前一樣喚我就行。」

強忍著想從他手中抽出自己手腕的衝動，我抬頭朝他一笑，一如之前那個刻意偽裝溫婉純良的華淺。

時間緊，來不及用早餐，我就和仲夜闌坐上了進宮的馬車。

一路上仲夜闌的眼神飄忽不定，心裡應該是念著不知該如何安置牧遙吧。

一輛馬車上的兩個人，明明是最親密的關係，卻無半點親密。

仲夜闌還沒察覺，而我卻如同造物主般旁觀著。

小說裡的女二，有沒有可能也是察覺到仲夜闌對她無意，才會步步錯下去呢？

我不由自主地搖了搖頭，現在保命都來不及，哪還有時間想這個？

行駛的馬車突然停了，皇宮到了。

仲夜闌先出去，我也跟著他探出身子，就看見他微微一笑衝我伸手。

真是恃美逞凶，這一笑讓我腳下一空，差點跌落下去。

還好仲夜闌手疾眼快地上前扶住了我歪倒的身子，我不由得面上一窘。

好歹我也二十三歲了，怎麼穿越到一個十七歲的姑娘身上，自己臉皮也變薄了呢？還一副沒見過世面的樣子。

一路無言，尾隨仲夜闌來到宮殿，老遠就看見座上一個明黃色的身影，不等我們走近，就見他走了過來。

「皇兄終於來了，昨日我還想著去晉王府給皇兄道賀，母后勸我，說怕驚擾到你們，我才作罷。」

聽到聲音，我微抬眸，看到了一張和仲夜闌的臉有五分相似的面容。只是仲夜闌像冰刃一般有攻擊性，皇帝則是如同美玉，帶著玲瓏剔透的柔和。

這應該就是小說裡的男二了，當今皇帝——仲溪午，他是仲夜闌的弟弟，在未來對牧遙一見傾心，甚至力排眾議，想要立她為后，由此開始了狗血的兄弟之爭。

我發現很多作者都有這種惡趣味，似乎很喜歡看兄弟為一人反目成仇。

說起來文中還有一個男三伍朔漠，身分是他國的皇子，他在原小說開頭夜探皇城時差點被捉，因牧遙無意之中相助才得以逃脫，於是他也就此陷入這場瑪麗蘇之爭中。

這樣想下來，牧遙果真是女主光環環繞，三大傑出青年都拜倒在她的石榴裙下——

和我形成明顯的對比。

回想起來，小說裡，華淺身邊好像連一個真心相待的人都沒有……

我心情頓時有點不舒坦了，這作者也太偏心了吧，難怪女二都是惡毒的，條件明明那麼好，卻人人只愛女主，時間一長，難免會心理扭曲。

突然感到有人在身後輕輕碰了碰我，我回頭看到了千芷焦急的面容，才發現仲夜闌他們已經走出幾步遠，而我還像根木頭一樣杵在原地。

原來方才他們寒暄完，便準備相攜去太后的宮殿，而我走了神就被忘在了原地，前面高談闊論的兩位倒是沒發現身邊少了個人。

快走幾步趕上，仲夜闌可能是以為我會自己跟上，就沒提醒我，而這個皇帝仲溪午嘛，從頭到尾都沒看我一眼，倒像在刻意忽視我。

進了太后寢殿，看到上面坐著兩個華服之人。

面帶皺紋、頭髮半白的應該就是太后了，另一個……應該是小說裡寵冠六宮的戚貴妃，皇帝並未立后，因此後宮如今是她一人獨大。

「兒臣、臣妾見過太后娘娘。」

太后笑得滿目慈祥，像極了好脾氣的老人。我卻不敢掉以輕心，畢竟是在上一輪宮鬥中贏到最後的女人。

而且，小說裡她並不喜歡華淺，因為作為後宮裡的女人，她向來最厭惡用柔弱博取人心的伎倆。

果然沒說幾句，太后就把目光轉到了我身上，一改方才的和藹：「既然如願嫁入了晉王府，往後就收收心，好生做晉王妃，別做出什麼有失身分的事情！」

太后和皇上定是知道華淺嫁過來的真相才這般不喜，也就是說，全世界只有仲夜闌能被華淺套住，旁人都清醒得很。

果然是虐文裡慣用的套路，一開始男主總是相信女二。

經過昨天一夜，我已經接受了這個事實。逆天改命太難，但是為了活下去而去改變一個人的看法，應該就比較容易了。

若是往常的華淺，定會委屈地向仲夜闌求助，所以太后說得這樣狠，估計也是想激我一下，若我面露委屈，她就可以趁機多敲打我一陣。

「太后教誨，臣妾銘記在心。」我抬頭直視太后，努力把她想像成要給我加薪的老闆，目帶虔誠。

太后沒想到我是這種不卑不亢的反應，目光閃了閃，又不死心地開口：「記住沒用，做到才行。」

我忍不住要喜歡這個老太太了，這嫉惡如仇的可愛模樣讓我差點笑出來，我的萌點還真是奇怪。

「臣妾日後定當言行如一，克己復禮。」

這一番假大空的話說出來我毫不臉紅，太后臉色稍緩，連一旁的皇帝聽到這話，也不由得瞥了我一眼。

惡毒女二保命攻略第一步：改變形象。

3

寒暄了片刻，皇帝和仲夜闌便藉著探討國事離開了，算起來仲夜闌年少時就養在皇后身邊，自然和仲溪午關係不錯，而此時仲溪午還沒有見過女主，兩人也不曾反目。

我則是帶著假笑聽太后和戚貴妃閒聊，太后終究對我有意見，所以刻意把我冷落在一旁，戚貴妃也不敢違背她找我搭話。

一群人聊著，對我視若無睹，我反正是未覺得有半分尷尬，因為我之前每次和老闆們出去吃飯時，都極力降低自己的存在感。像這樣做一個無聲的旁聽者，我再熟練不過了。

只是昨日沒睡好，腦袋還是一陣陣地疼，默默抬手揉了揉太陽穴，就聽見太后的聲音傳過來：「晉王妃這個模樣，是對我的話有什麼不滿嗎？」

我手一頓，對上了太后略帶冷意的目光。

我就是走神揉了揉腦袋而已，她們說了什麼？

還好不等我回答，太后又開口：「妳來說說，為女子者，什麼為重？」

思維急速地轉動著，想了想小說裡太后的性情，我猶豫了片刻後開口：「回母后，古人曰，女子有四德，德、容、言、工。」

「妳也知德排第一位，日後就好生修身齊家，當好闌兒身邊的賢內助。」太后看我回答得中規中矩，就淡淡敲打了一番。

果真是看我不順眼，不放過任何說教的機會，女二作的妖，讓我來贖罪。

「臣妾定當牢記。」我斂眉垂首，做出恭敬的模樣。

一旁的戚貴妃見氣氛不好，頗有眼色地轉移了話題，提起御花園池塘裡新添的金魚。

太后聽到金魚，生了興致，於是一撥人浩浩蕩蕩地出去觀魚，我亦乖乖地跟隨著。

看著一堆人對著池塘裡的魚品頭論足，我心裡生出些說不上來的滋味。這後宮女人果真過得無趣，只是見了幾條金魚而已，卻這般歡喜。

有妃嬪想討好太后，一直往她身邊湊，我就順其自然地站到了角落。

無意之中感覺太后似乎看了我一眼，我望過去，卻沒有捕捉到她的目光，只當是自己多心了。

看著池邊的一堆人，我突然想到很多水中救人的小說情節，說起來我在現代也是學過幾節游泳課的。

若是太后失足落入水中，我能憑藉自己三腳貓的游泳功夫救了她，那她定會對我一改從前的印象，說不定還能成為我的靠山，讓日後得知真相的仲夜闌不敢輕易動我。

不過這也只是我自己想想，瞎樂罷了，太后又不傻，怎麼會自己往水裡跳呢？再說，恐怕也沒有人敢把她推進水裡。

被自己天馬行空的想像逗得想笑，但還未等我笑出來，身後突然傳來一股力，我的笑容頓時僵在臉上。

「撲通！」

人果然應該一心向善，心思歪了就會有惡果，就如同此時的我，只是想了想就遭了報應。

「天啊，晉王妃掉水裡了，快來人——」

戚貴妃的驚呼聲戛然而止。

因為她看到我用蛙泳的姿勢自力更生地游回了岸邊，然後在宮女的幫助下爬上了岸。

本身我掉的地方就離岸邊很近，所以這一系列事情發生得很快，快到連太后都目瞪口呆起來。

「妳何時學會這種……」太后極為艱難地開口，似乎在想措辭形容我的泳姿。

現在是初秋時節，天氣雖不算冷，但全身溼漉漉的我仍忍不住哆嗦了一下。

看到我狼狽的模樣，太后便收了詢問，命左右奴婢帶我下去更衣。

她雖討厭我，但也只是口頭上教訓罷了，不會刻意晾著我受罪。由此看來，這個老太太倒是沒有那些骯髒的小心思，我心裡也默默制訂了日後的巴結路線。

跟著兩個宮女到了一座宮殿，她們效率極高地備下了熱水。我隨便泡了一下，驅了驅染上的寒意就趕緊起來更衣，畢竟太后還在等著呢。

剛套上外衫，坐在鏡前擦拭頭髮，就突然從鏡中看到我身後一聲不響地站著一個女的。

這宮女怎麼這般不懂規矩？我回頭，看到她明顯有別於宮裡奴婢的華麗打扮，心裡一愣，頓時反應過來，目無波瀾地看向她。

我們兩個人詭異地沉默了許久，沒辦法，不是我故意裝得高深莫測，實在是我不知道她是誰呀，萬一開口說錯話怎麼辦？

終於，華服美人先開了口：「淺妹妹終於得償所願做了晉王妃，我這個做姊姊的，真心替妳高興。」

姊姊？

我極快地反應過來。小說裡華淺是華府獨女，因此華相只能從華氏旁支裡挑出一女子送入皇宮，算起來，我應該叫她堂姊。

不過這個堂姊嘛……可是小說裡導致華府滿門抄斬的重要人物呢。她先是利用華相的勢力和幫助，一步步在後宮越爬越高，後來見華相勢弱，便反插一刀，向女主牧遙示好。

當然了，小說最後她也沒有什麼好下場，這種拜高踩低的牆頭草，也只是一個炮灰罷了。

「華美人這般悄無聲息地站在人身後的祝福方式，真是平白嚇人一跳。」我放下手裡擦頭髮的布帛才開口說道。

看到我這漫不經心的態度，華美人眼裡閃過幾分不屑，卻還是面帶笑容地說：「淺妹妹怎麼如今與我這般生疏？想當初妳我二人可是關係極好的。」

雖然華府確實是罪有應得，她倒戈也算是為民除害，不過她這種牆頭草，反水也只是為了自己的利益罷了，我仍舊是看不過去的。所以我並未回話，轉身拿起梳子開始整理頭髮。

從鏡子裡看到被無視的她臉上明顯掛不住了，我才開口：「華美人既然已經入了宮，日後還是莫要與我姊妹相稱了，我可擔不起這一句……妹妹，免得惹人笑話。」

只有後宮裡的女人，彼此才姊妹相稱的。

華美人雖然眼裡幾經變幻，但還是沒有對我發作。

畢竟她自己的老爹不成器，只是個七品小官，她全靠華相的勢力才能在後宮步步攀升。

「是我失言了，和晉王妃許久不見，好不容易才安排見上一面，一時親切才口誤了。」她能屈能伸地回道。

我心裡一突，握著梳子的手一緊，回頭問她：「安排？」

華美人面色閃過不自然，還是回我道：「晉王妃身邊圍繞著太多人，太后也是心心念著妳，我想和妳說些體己話，才出此下策。」

「方才是妳安排的人……推我下水？」

「岸邊早有熟水性的嬤嬤候著，是不會讓晉王妃受傷的。」華美人急急忙忙地解釋：「後宮的眼線太多，只有這樣才不會引人猜疑。」

腦子飛快地轉著，我心底越來越涼，比方才落水時感覺還冷。

她不過是一個美人，哪裡能在後宮隻手遮天？想起太后之前似乎若有似無地看了我一眼，太后會不會以為我是刻意站在旁邊，以配合華美人行事？我心裡一陣惱火。

小說著重描寫男女主的戲分，作為女二的華淺和炮灰華美人，只是簡單提了幾句她們相互勾結，傳遞情報，並未詳細描繪如何勾結。

現在我穿越過來，應是補充了小說情節外的故事。

心思百轉，我當即準備斬斷和這華美人的任何聯繫，一是斬斷華相在後宮裡作惡的手腳，二是處理華美人這棵眼界狹隘的——牆頭草。

4

「華美人心思未免過重，有事大可直接與我說，何必如此遮遮掩掩？」我冷言開口。

華美人一愣，開口委婉地說道：「這後宮裡事情太多，有些還要勞煩妹妹回稟華相……」

「荒唐！」我努力拿出最凌厲的氣場喝斥她。「華美人莫非昏了頭嗎？我父親為何要知道妳這後宮之事？」

看我義正詞嚴的模樣，華美人被我整得一愣一愣的，忽然她一笑，略帶幾分自得地走近了幾步，開口：「這裡我都打點好了，沒人會注意的，晉王妃可以放心。」

這種智商是怎麼在後宮混的？看來小說裡她活到華氏倒了之後才死，應該全是皇上刻意放縱，用她來釣出華府，要不然她怎麼可能活那麼久呢？

「華美人說這話我就不明白了，有什麼話非要遮遮掩掩？」我故作糊塗，加上華淺這副好相貌，看著確實無辜。

我一而再、再而三地裝傻，華美人也被帶出了幾分氣性。

她略帶諷刺地開口：「晉王妃可真是健忘，當初華相送我入皇宮，又多加栽培，可不就是為了我能在這後宮相助於他嗎？」

聽到此話，我帶上三分驚訝、七分難以置信地開口：「華美人真是糊塗了嗎？當初妳一心要進宮，叔父官職太低，無能為力，父親因為手足之情，才略施援手，怎麼到妳這兒，就成了我父親攀權附貴了！」

華美人被我「精湛」的演技唬住了，彷彿從未見過我似地傻愣著。

我努力做出痛心疾首的模樣，不等她回話就開口：「念在妳是我堂姊的情分上，此次落水一事我不會告訴旁人，亦不會追究，只望華美人日後莫要再耍此等心機，傷往日情分。」

推鍋誰不會呀？藉此機會把和她的聯繫一刀兩斷也好，華府有罪，華相人的確壞，但是不能由她這種小人來推波助瀾。

「晉王妃今日是魔怔了嗎？若不是當初妳一心痴戀晉王，華相如何會把我送入皇宮給他鋪路？」華美人被我幾番搶白，終於惱羞成怒地開口。

我則捂住心口做出傷痛的模樣，把華淺柔弱的「白蓮花」形象發揮到極致。「華美人這話好生傷人啊，我心向晉王不假，可是父親若真想在後宮安排人手，華氏一族貌美女子那麼多，父親何必選妳？妳曾說自己對皇上痴心一片，父親顧及與叔父的手足之情才破例幫妳，可憐父親一番好意卻慘遭誤解。」

華美人被我氣得臉都漲紅了，因為我不但顛倒黑白，還罵她醜。

不等她反駁，我又極為鄭重地開口：「日後我會告誡父親不要因為手足之情而一再破例，華美人既然對皇上痴心不改，那就別把心思放到其他地方，從一而終這個道理，不用我來教了吧？」

話說完，我就披頭散髮地出去找宮女梳頭了，步速極快，完全不給她反應的時間。

剛出了門，隱約看到拐角處閃過明黃色的影子，正欲過去查看，就聽到有宮女喚我，終歸剛才我表現得是那麼公正大義，我也不擔心會有偷聽的人，所以就裝作不知，跟著宮女去一旁整理我的儀容了。

梳完頭髮，我就跟著宮女回到了太后的宮殿。剛踏過門檻，一個高大的身影就衝到了我的面前，與此同時，一雙大手握住了我的肩膀。

「妳沒事吧？」

看到仲夜闌用滿是關心的目光把我從頭到腳掃了一個遍，我心中默念——

這是女主的男人……

這是女主的男人……

……

給自己洗完腦後，我才裝作羞澀地低頭，遮住自己無半點情愫的眼眸。「王爺不必憂心，我並無不妥。」

話出了口我才察覺不對，「我」字說得太順口了，應該自稱「臣妾」才對。

然而並未有人提出我的稱謂不當，禮教森嚴的太后竟然滿帶笑意地開口：「方才要不是我攔著，恐怕闌兒就要飛奔到側殿去找他的王妃了，當真是對我不放心。」

仲夜闌倒是不客套，半是抱怨地說道：「好好的人交給母后，不到半天就出了事兒，這讓我怎麼放心得下呢？」

「你還真是個沒良心的，有了媳婦兒就忘了娘。」太后故作惱怒地說道，眼裡卻未見半分怒氣。

看向我的目光也柔和了些，果然……我賭對了。

「怎麼這麼熱鬧？朕錯過什麼了嗎？」

仲溪午挑開簾子走了進來，一眾人趕緊跪拜。他倒是無半點帝王的架子，笑著招手在太后身旁坐下。

「你的皇兄成了親，眼裡就只有自己的嬌妻，還開始說教我這個半老婆子了。」太后笑著對仲溪午開口。

仲溪午朝我看過來，目光停了片刻才收回，我則是眼觀鼻、鼻觀心地跟著仲夜闌入座。

太后笑鬧了片刻後，衝我招了招手。「淺丫頭到我這裡來。」

屋裡氣氛一頓，許多人，包括仲夜闌，都目帶驚訝之色，好奇太后怎麼突然對我如此親近。

我老老實實地走了過去。

走近之後，太后突然從手腕上脫下一只白玉鐲子，拉起了我的手，戴到我手腕上，開口：「這是先帝賞賜給我的，如今我把它送給妳。」

我一驚，忙推辭道：「這怎麼敢當？」

然而手還未抽出來，就被太后緊緊握住，她又說：「我知道妳是個明事理的孩子，知道什麼該做……我既然賜給妳了，妳收下便是。」

抬眸對上太后略帶深意的眼眸，我心裡一跳。

她滿是細紋的手在我的手背上拍了拍，如同拍在了我的心頭上，感覺格外沉重。

這是示好，也是……警告。

果然，方才落水之事不簡單。

「母后一番好意，晉王妃收下便是。」一旁的仲溪午也開了口。

我只得低頭應和，明顯感覺到各異的目光投過來，讓我的脊背硬生生出了一層薄汗。

提心吊膽地用過午膳，方才離開皇宮，太后也未再多說什麼。

馬車裡。

仲夜闌突然開口：「阿淺今日似乎頗得母后歡心，還未曾見過母后這般親近地待妳。」

我一愣，這話的意思是，他一直都知道太后不喜歡我，所以今天太后對我好點他就察覺出來了。

本來以為他之前見我被太后說教卻不言語，只是因為他不知太后對我的敵意，原來他一直都知道。

這一下子就能看出來差距，果然因為是女二，為了滿足觀眾嫉惡如仇的閱讀感受，所有的事兒都得自己扛。

仲夜闌雖說口口聲聲愛華淺，可是從細節上就能看出不對來。現在的我越來越覺得華淺黑化得徹底，是因為仲夜闌的態度。

坦然對上他探究的目光，我強忍住自己的雞皮疙瘩，柔聲開口：「應是因為王爺，母后才愛屋及烏。」

仲夜闌或許是察覺到自己失言了，他沒有追問，笑著握住我的手安慰：「哪裡是我的緣故，阿淺這般好，他人瞭解後都應明白的。」

我手背一僵，努力控制住，沒有甩開他的手，露出一個「白蓮花」的標準笑臉。

惡毒女二保命攻略第二步：要忍常人所不能忍之事。

5

回了晉王府，仲夜闌還是一如既往地去書房忙公事，我也就回了自己寢房休息，畢竟提心吊膽地在皇宮待了一天，確實令人心力交瘁。

只是有人卻不想讓我這樣安逸。

「王妃，這天色已晚，也不見王爺過來，老奴備了些補身子的湯，不如王妃帶去，探望一下王爺吧。」

說話的是陪嫁過來的李嬤嬤，非常忠心於華相夫人，也就是我——華淺的親娘。

這說是送湯，擺明了是要我去邀寵。

我心裡不耐煩起來。「王爺有公事要忙，我還是不打擾為好。」

聽了我的話，李嬤嬤頓時露出一副恨鐵不成鋼的模樣，說道：「王妃怎麼不明白呢！這新婚之夜王爺都沒回房，現在若是還宿在別處，別人知道了指定該笑話王妃了。王妃在華府的時候還知道抓男人心，怎麼嫁過來就失了警惕呢？要知道……」

「我送，我送！」眼見著李嬤嬤的長篇大論沒完沒了，我趕緊先示弱。

李嬤嬤滿意地點了點頭，面含鼓勵地目送我離開。

帶著千芷，我拖著疲憊的身體來到了書房。一進書房就看到仲夜闌手持毛筆寫著什麼，看到我過來，他擱下筆，問：「阿淺怎麼過來了？」

我示意千芷送上湯，開口：「聽說王爺忙於政務，我特地命下人熬了些補湯，王爺莫要累壞了身子。」

「多謝妳的一片心意了。」停了片刻，仲夜闌又說道：「今日皇上又給了我件差事，這幾日恐怕我會比較忙……」

這就是委婉地告訴我，他不能來陪我了，那真是太好了。我當即深明大義地開口：「沒事，王爺先忙，我就不打擾了。」

一旁的千芷頓時露出了和方才李嬤嬤同款的恨鐵不成鋼表情，仲夜闌也沒想到我會走得這麼迅速和突然，他愣了一下，開口：「我……我不是在趕妳走。」

「我送完湯本就要離開，王爺注意身體，我先回房了。」不等他反應，我就火急火燎地出了書房。

完成了任務，現在終於能回去好好休息了。

「小姐……」

「不要說話。」千芷的聲音剛響起來就被我打斷，我可不想再聽說教了。

回去後李嬤嬤見我只是一人回來，頓時露出欲言又止的表情，我只當看不見。

沐浴過後，就見千芷拿著一份紅色禮單過來。「王妃請過目，這是歸寧的禮單。」

梳頭的手一停。對了，古代還有「三朝回門」這一風俗。這樣說起來，我馬上就要見小說裡最大的反派，也就是華淺的爹——當朝華相了。

作為反派定然是不會有好下場的，而把華相拉回正路也是不大可能，那我只能先設計讓他手裡少些罪孽髒事，這樣日後他倒臺時，所犯的罪也不至於牽扯一族之人。

畢竟我現在也是華氏之人，一損俱損。

婚後第三日便是歸寧之日，一大早我又被千芷從床上拉起來。這古人未免太勤勉了吧，天還沒有亮呢！

收拾整理了半個時辰之後，仲夜闌就出現了，一起用過早餐後，我們便同坐馬車出門。然而車行到半路，一個侍衛突然敲了敲馬車，在仲夜闌耳邊稟告了些什麼。

看著仲夜闌明顯失了神的眼眸，我立刻明白了，如小說所述，此時牧遙趁仲夜闌陪華淺歸寧逃出了晉王府，之後差點被官兵抓走，幸得仲夜闌及時趕到。

想到這裡，我便開口：「王爺有事就先去忙吧，我先回門，在華府等著王爺。」

「這怎麼行呢？」嘴裡這樣說著，他的眼神分明在動搖。

我心裡嘆了口氣，面上還是一副不在意的模樣。「我既說了，王爺應了便是。」

仲夜闌權衡之後，還是對我表達歉意後離開了，馬車外的千芷被我的舉動氣得臉都快青了。

這個丫頭作為華淺身邊的大丫鬟，在小說裡為人自然也是刻薄狠辣，但是對我還算忠心，所以也不是無可救藥。

行駛的馬車突然一停，害得我一個踉蹌差點滾了出去。剛坐穩就聽到我剛才心裡誇過的千芷怒罵：「哪裡來的死要飯的，敢擋了晉王府的馬車，不要命了嗎！」

……果真是一副反派作風。

聽到馬車外傳來一個討好的中年男子聲音：「這要飯的偷了小人的銀錢，慌不擇路才衝撞了貴人的馬車，我這就帶他走。」

隨後就是一陣拳打腳踢，還有悶哼聲傳過來。

千芷的聲音又響起來，估計是被仲夜闌離開的事氣到了，所以說話越發不客氣：「要打就拉遠點，別讓我們的馬車沾染了晦氣。」

外面討好聲傳過來，卻唯獨沒有被打之人的求饒聲。

我嘆了口氣。這個千芷年紀還小，因為之前的華淺，她也染上了不良習性，像極了電視裡仗勢欺人的小人。不過憑她忠心這一點，我還是願意給她把心思扳正過來的。

「千芷，誰允許妳一口一個死要飯的稱呼別人了？」我掀開車簾，下了車，若是現在就這樣走了，豈不是坐實了我仗勢欺人的嘴臉？

千芷一愣，趕緊走過來說：「王妃怎麼下來了？這事奴婢來處理就行，別讓這些賤民汙了小姐的眼。」

「再讓我聽見妳這樣稱呼別人，罰一個月銀錢。」我面無表情地開口。

千芷面露委屈，卻也沒有多說。

我繞過她，走到那堆人面前。

看到一個蜷縮在地的孩子，應該有十來歲，全身髒兮兮的，衣不蔽體，骨瘦如柴到很像我曾在圖片上看到的非洲難民。

而他旁邊則站著兩個打手模樣的人，還有一個對我滿面堆笑的商人模樣的中年男子，應當就是方才開口的那個人。

「你說他偷了你的銀錢？」我開口問道。

那商人趕緊回道：「回王妃的話，小人是來這邊談生意的，方才在街上走著，這個要飯的突然撞了我一下，我身上的錢袋就沒了。不知他做了什麼手腳，我搜遍他全身也沒發現。」

「你在他身上沒有搜到你的錢袋？」我微微挑眉問道。

商人趕緊解釋：「這種乞丐都是皮賤嘴硬，不打一頓，他是不會說出把錢袋藏哪裡去了的。」

我不理會那商人，走到那孩子身邊蹲下開口：「他的錢袋，你有沒有偷？」

商人還想開口，我一個眼刀過去，他就吶吶不言語了。

等了許久，才聽到一個細如蚊蚋的聲音響起：「我……沒有。」

「他說謊，就是他這個小畜生——」

「閉嘴。」我喝斷了商人的解釋：「你一沒有找到錢袋，二沒有抓到現行，卻對他橫施暴力，只聽你空口白牙一番話就給他定罪嗎？」

商人理虧，張了張嘴，不知該如何反駁我。

果然，古代人的命當真輕賤不值錢，所以他對小乞丐拳打腳踢，卻無人在意。

若不是那孩子撞了我的馬車，說不定今天會被活活打死。

只是古人觀念腐朽，又能怎樣呢？以我一人之力又哪裡能改？

「你若堅持是這孩子偷了你的錢袋，那不妨報官，讓京兆尹來斷過錯，但是若無證據指認，到時候你打人一事，可就不是只賠些醫藥費這麼簡單了。」我開口說道。

京兆尹自然會偏向晉王府，那商人也不傻，當即就從打手那裡拿了些銀兩，賠著笑臉塞到那乞兒手裡，稱是自己認錯了人。

我也沒有再與他糾纏，放任他離開。

看著一直蜷縮在地的那個孩子，我再次蹲下身子，他捂住銀錢的手腕瘦到彷彿是骷髏上掛了一層薄皮。

心裡生出些不忍，我放柔聲音問：「你叫什麼名字？」

隱約從他口中聽到一個「周」字，我開口說道：「你是姓周嗎？方才那商人給你的銀兩，應該夠你洗漱一番加飽餐一頓，這裡人多眼雜，我便是給你銀兩恐怕你也保不住。我看你小小年紀倒是極能忍耐，若日後想找份工養活自己，可以來晉王府尋我，我說話算數。」

他一直低著頭，似乎疼痛難忍，我也沒有再說下去，喊過來一個侍衛陪他去醫館……怕剛才那商人回來報復。

現在我可要好好樹立我的正面形象，為日後華府的翻車留後路。

上馬車時，背後似乎有一道視線。

我向來直覺很準，順著感覺朝一個方向望去，只看到一間酒樓半掩的一扇窗，沒有人影。

洗鉛華

第二章

保命攻略・下

6

到了華府，遠遠便看到兩個頭髮微白的華服之人在門口候著，男的風度翩翩，女的雍容端莊。見只我一人下馬車，他們都皺起了眉頭，這應該就是華相和華夫人了，看樣貌真不像反派。

「王爺有緊急公務要處理，等下再過來。」我開口解釋。

華相臉色頓時不好起來，甩著袖子也不等我就朝屋裡走去了……你個糟老頭子，最好再對我壞一點，這樣不用等女主出手，我自己先來個大義滅親。

華夫人則拉著我，嘴上不停地念叨：「淺兒，妳莫要因為嫁過去就鬆懈下來，這後院之事可是複雜得很，晉王條件那麼好，就算成了親，還是有很多狐媚子盯著側妃的位置呢。要我說，妳還是得盡早誕下嫡子才行，這樣妳的位置才穩固，也能幫襯一下華氏……」

唉，三觀不合，我也只能沉默地聽著。

到了華夫人住的院子，卻沒有看到華相，我開口問：「父親呢？」

華夫人一手拉著我進去，說：「妳爹一大早就盼望著你們回來，結果就妳一個人回來了，他此刻期望落空，估計在書房裡生悶氣呢。」

腳步一頓，我掙開了華夫人的手。「那我去找他吧，我有些話要對父親說。」拒絕了華夫人的陪同，我出了院子。這時我尷尬地發現，我不認路，於是我拿出大家閨秀的架子，毫不慌亂地對門口的一個小丫鬟說道：「我要去父親書房，妳來帶路。」

小丫鬟雖然面上有些疑惑，但還是乖乖地帶路了。

到了書房，我逕直走進去，看到華相獨自坐在書桌前。看到我之後他抬了抬眼眸，並未說話。

我便自己先找了把椅子坐下，才開口：「前天我隨王爺進了宮，遇見了堂姊，發現了些趣事，父親可想知道是什麼？」

聽到華美人，華相臉色暫緩，估計以為我是來傳遞消息的，於是問：「她說了什麼？」

我笑了笑，雙目直視華相。「她……安排人將我推到了御池裡。」

華相頓時皺起眉頭，下意識地說：「怎麼會？」

「因為女兒現在已是晉王妃，按理說位分是高於她的，她心懷不滿就置氣對我出手，想讓我吃些苦頭。」我一本正經地瞎編。

華相明顯存疑。「她是我一手培養的，怎麼會反過來對付妳？」

「所以說父親真是上了年紀，識人不清了。」我笑著說，言語卻不留情面。「那樣一個只顧個人利益、眼界狹隘的女人，父親還這般盡心地培養。」

華相被我說得臉上陰晴不定，我便藉機又加了把火：「還有，她說是找我談話，言語卻句句挖坑，要不是我警醒，恐怕也發現不了……有皇室的人在偷聽。」

「什麼！」華相這下終於坐不住了。「妳的意思是華……她投靠了皇帝，反過來套妳的話？」

「父親眼線眾多，大可一查，只是日後還是少與華美人聯繫為好。」我毫不心虛地回道。

我自然不擔心他去打探，我說的話本就是真假參半，華美人設計令我落水和皇室之人偷聽我們談話，都是真的。

大方向沒問題，其他的添油加醋也就不重要了。華相作為大反派，為人肯定多疑，那我就利用這一點，慢慢剪去他的黨羽，至少讓他落罪之時能少些受罰的名頭。

華相沉默了半天後再次看向我，眼神裡帶了些探究。「依妳看，接下來我該怎麼辦？」

我並未退縮，迎著他的目光開口：「皇上此時已經留意到了父親，所以依我之見，父親此時應該掩去鋒芒，低調行事。」

華相老狐狸一樣的眼眸轉了轉，並未言語。

我便繼續說道：「還有，前日聽皇上談話，提及了如今在獄中的……牧氏一家，皇上的意思似是對他們仍是看重，說不定這幾日就會找個由頭給他們減罪，所以我想此事若是由父親主動提出來，也算是給皇上一個臺階下。」

華相這次面上沒有其他表情，異常平靜地開口：「淺兒不是向來討厭他們一家嗎？我好不容易如妳所願，除去了他們，現在怎麼反過來為他們說情了？」

和這隻老狐狸打交道我不敢鬆懈半分，手在衣袖裡握緊，面上卻做出一副無奈憤恨的模樣。「皇上此時已經懷疑父親結黨營私，我此番建議也是為父親好。若是由父親提出為他們減罪，說不定會打消皇上的一些疑慮，讓他認為你當初並非因為私怨才對牧家出手。」

華相沒有看我，手指無意地在桌面上敲擊，似乎在盤算：「淺兒可知道斬草應除根的道理？」

我言辭懇切地繼續說道：「父親也知我十分厭惡牧遙一家，若不是情形所迫，我怎會讓父親為他們求情？一榮俱榮，一損俱損，終歸牧氏一家已無翻身之地，饒他們一命也無大礙。」

華相沉默了，我也不再言語，等著他自己衡量。

多虧了之前華淺對牧遙一家的深惡痛絕，我這般說情才會讓華相以為我真是迫不得已，為了華府才這樣做。若牧氏一家並未因為華相陷害而被斬首，那我和牧遙也不會那般水火不容了。

「淺兒真是長大了。」最終華相笑著開口，眼裡滿是讚許地看著我。

我心裡一鬆。

這就是他答應了，我強忍住心裡的狂喜，依華相的權勢，想留牧氏一家自然容易。

鬆開了方才在衣袖下一直緊緊握住的拳頭，發現手心竟然全是汗水，這一番過招，真是讓我分分鐘想逃跑，可求生欲讓我還是留下來面對華相。

離開了書房，我在丫鬟的帶領下去我之前的閨房，只覺得每一步都踩在了棉花上，腳步虛浮，大反派的氣場真不是吹的。

「妹妹、妹妹……」

突然，一個氣喘吁吁的男聲響起。

我往聲音的來處看去，只見一個白白胖胖、穿著墨綠色衣袍的胖子衝我跑過來。

遠遠地看去，活像是一個成了精的粽子在奔跑。

聽到他對我的稱呼，我就明白了，這位就是華淺的同胞哥哥——華深。

看這名字就知道作者對女二和她哥哥有多不看重了，這名字起得跟隨口編的一樣。

小說裡，這個華深可是一個不怎麼樣的角色，仗勢欺人，荒淫好色，強搶民女，無惡不作……把所有紈褲的陋習占了個遍。

本來我是挺喜歡胖胖的朋友的，因為看起來就帶著幾分嬌憨，但是這個華深，他的人設我是真的喜歡不起來。

他氣喘吁吁地跑到我身邊，遞給我一匹布後開口說道：「這是我前幾日尋到的雲錦緞子，正是妹妹最喜歡的白色，世間就此一匹，我花了重金才搶到。妹妹若是用來做了衣衫，定能把晉王迷得七葷八素的。」

小說裡華深似乎智商也不怎麼夠用，所以才一直討好自己有心計的妹妹。如今看來果真如此，一句話已經把我得罪了兩遍。

一是我不喜歡白色，二是我不喜歡晉王仲夜闌。

我沒有接，跟著丫鬟繼續走，丟下一句：「我不喜歡白色了，你還是給你後院的那些姬妾用吧。」

這個官二代華深，後院大大小小納了十幾房小妾，因此到現在也沒有貴女願意嫁過來；華相和華夫人因他智力不足，才分外放縱。

果然華深又極沒有眼力地追過來，臉上的肥肉把眼睛都擠得只剩一條縫了，還一個勁兒地往我面前湊：「那些女人哪裡配用這種東西，還是妹妹天生麗質，才配得上這千金難求的布匹。」

以往這兄妹倆最喜歡上演互相吹捧的戲碼，我卻半點不喜歡這種踩一捧一的說法，當即冷了臉。「不是說了我不喜歡白色嗎？別跟著我了。」

華深頓時停在原地，不敢再跟過來了。

惡毒女二保命攻略第三步：遠小人，救賢臣。

7

仲夜闌最終還是趕到華府吃了晚宴，而我則是吃過飯就提出回晉王府。

畢竟一直接連面對著老狐狸一般的華相、不斷給我傳授生嫡子技巧和打壓妾室手段的華夫人，還有一個荒淫紈褲的華深，這種感覺太難受了，還不如讓我待在冷清的晉王府。

這樣看來，女二華淺的親人無一個正面角色，那她又怎麼可能出淤泥而不染呢？

回去的馬車上，我經過一天的思量，當即準備快刀斬亂麻，開口：「王爺，我想見牧遙。」

仲夜闌身子一僵，因為我說的是我想見她，而不是問她在哪裡，這就證明我知道了他和牧遙的事情。

「妳……知道了？」仲夜闌看上去很是忐忑。「阿淺，妳相信我，我只是……」

「王爺不必給我解釋，我只是因為之前和牧遙……好歹姊妹一場，有些事情想和她說，並非盤問質疑你。」我開口解釋，努力讓自己笑得無半點介懷。

看到我的模樣，仲夜闌鬆了口氣，應允回府帶我過去，末了還給我吃了顆定心丸：「阿淺，我救牧遙絕無半點私情，從小時候妳陪我守陵開始，我就發誓此生只妳一人。」

……我謝謝你的安慰，小時候陪你的那個人可不是華淺，而是跟著家人第一次來京城探親的女主。

或許是他心中有愧，倒是沒有問我哪裡得來的消息，也省得我解釋。

到了晉王府，仲夜闌直接帶我去了府裡一個角落的院子，他在外面等著，給我們留空間說話。

進了屋裡，我發現桌子上伏著一個人，似乎睡了過去。

走近了幾步，才看到她的容顏，這應該算是我穿越過來第一次見女主吧。

伏在案上的女子雙眉緊鎖，不同於華淺膚白勝雪的柔弱模樣，她應是自小在邊城長大，膚色是那種健康的小麥色，這幾日受的打擊讓她臉色略微有點憔悴，但還是難掩眉宇間的堅忍。

原來這就是女主呀，我突然明白了女主、女二的差距，華淺如同一棵柔弱可憐的蒲草，而牧遙卻是生機勃勃的柏松。一個靠依賴他人為生；另一個可以和你並肩站立。

看著她緊抿的嘴角和皺起的眉頭，我突然想……

若是她死了，那華府或許就不會傾覆了；若是她死了，只要我不說，就不用擔心仲夜闌知道小時候的真相了；若是她死了，那我是不是就可以完全避免萬箭穿心的下場了？

好像只要她消失，我所有的謀略和擔憂就可以不必有了。

靜靜地看了她片刻，我狠狠地抽了自己一個嘴巴子。

是不是穿越到女二的身上，自己也變惡毒了？華氏一族作惡多端，憑什麼為了自己活命，就讓無辜之人付出代價？

為了譴責自己，我下手特別重，疼得我齜牙咧嘴。也正是因為我下手太重，打臉的聲音吵醒了牧遙。

她睜開眼，正看到我捂著臉吸氣。她的一雙明眸果真是充滿了生命力，當即怒視我：「華——淺！」

聽聲音很是咬牙切齒，果然此時已經恨透了我。

「聽說妳在晉王府，我便特意來看看妳。」我尷尬地笑著開口。

牧遙冷笑一聲，諷刺道：「妳現在是來炫耀自己的勝利嗎？」

呃……小說裡的華淺確實是來炫耀了，我可不是。

「以往是我瞎了眼，錯把蛇蠍當姊妹，害得如今我滿門陪葬，但是華淺，妳給我聽著，早晚我會向世人揭穿妳蛇蠍般的真面目，揭穿你們華府偽善的嘴臉。善惡有報，你們華府休想一世太平！」牧遙站在桌邊，語氣含冰。

嗯，我知道妳能揭開真相，讓華府之人惡有惡報，不過我今天來可不是為了聽這個。我並未氣惱，看著她真誠地說：「我向妳保證，妳的家人不會有事。」

牧遙一愣，接著目露嘲諷。「妳這又是在玩什麼花樣？我身上還有什麼是妳能利用的嗎？難不成妳以為我還會相信於妳？」

我坐下來，給自己倒了杯茶。「牧遙，這個世界上有很多事情都是無法選擇的，很多事並非出於我本意，正如我無法一下子撼動一棵大樹，所以我只能慢慢圖之。妳不信我，很正常，但是我保證，日後對妳所說之話，全為實話。」

「我家人七日後就要被處斬了，妳讓我拿什麼來相信妳？」

手中的茶杯被她一掌拂落，在地上摔得粉碎。我嘆了口氣，正想開口，就被門外的聲音打斷。

「我怎麼聽到了摔東西的聲音？」仲夜闌皺眉走進來，看到我，頓時臉色大變。「妳的臉……是不是她打的？」

臉？

突然想起來方才自己抽自己的那個嘴巴子，我趕緊開口：「不不不……」

仲夜闌不等我阻止就開口怒斥牧遙：「我好心收留妳，誰給妳的膽子傷害阿淺？」

我……

看到牧遙對我越來越嘲諷的目光，我簡直要大喊冤枉了，我打自己耳光可不是為了陷害妳啊！

仲夜闌還想開口，我手疾眼快地用手捂住了他的嘴。

「王爺誤會了，這和牧遙無關，是我自己打的，因為……因為方才我臉上停了隻蚊蟲。」

看著仲夜闌明顯不信的目光，我目帶真誠地說道：「王爺真的誤會牧遙了，她並未動我一根指頭。將心比心，女孩子最怕被人冤枉，所以……王爺給她賠個不是吧。」

說完，我就很有眼力地走了，給他們留一個培養感情的空間。

後續發展我就不清楚了，他們兩個的感情路，還是由他們自己慢慢去探索吧。

不出兩日，就聽到消息傳來，皇上念牧遙一家之前的功績，改斬首為流放。

聽到這個消息我高興得差點蹦起來。很好，我已經改變了牧遙家人的結局，現在我和牧遙之間沒有了人命的血海深仇，那接下來最大的矛盾就是——搶男人。

這個好說，找個時機，我主動退出便是，所以現在我該給自己謀劃一條退路了。

華相作為大反派，最後很難有什麼好下場，所以我得在力所能及的範圍內，給自己安排一條可以全身而退的後路。

想到這裡，我當即準備出府去巡查我的陪嫁鋪子。

惡毒女二保命攻略第四步：攢錢以備跑路。

8

一連幾日，我都致力於查看各間陪嫁鋪子的帳務，一番瞭解下來，我突然發現，華淺原來這麼有錢啊，就算日後離開晉王府，我的生計應該也不成問題了。

所以現在我要做的就是，把這些鋪子的盈利從明面上轉到暗地裡。

晉王府家大業大，完全不在乎我的這點小錢，所以處理起來並不是特別困難。

於是喬裝改扮去錢莊存錢，便是我最大的樂趣了。

為了防止身分暴露，我還女扮男裝了一番，在錢莊給自己胡謅了一個「明月公子」的稱號。看著明月公子名下的錢越來越多，毫不誇張地說，我真是作夢都能笑醒。

這樣輕鬆了一個月之後，一日我正在屋裡用早膳，就看到仲夜闌帶著牧遙走進來。

這段時間牧遙估計忙著安置自己被流放的家人，所以我們沒有再見過。現在應該是她家人安置妥貼了，所以又來我面前上演虐戀情深了。

果不其然，仲夜闌在我身邊坐下，非常刻意而做作地握住我的手開口：「晉王府向來不養閒人，阿淺，我給妳送了個丫鬟過來。」

牧遙看到仲夜闌握住我的手，明顯臉一白。

我真是……這滿滿當當的一屋人，看著像是缺丫鬟嗎？

我到底是造了什麼孽啊，作為一隻單身狗，看你們在我面前花式秀恩愛。

這還不算完，我又看見牧遙紅著眼眶對仲夜闌說：「你若是覺得看我不順眼，大可以讓我走，何必這樣侮辱我？」

仲夜闌收回握著我的手，嘴硬地說道：「晉王府哪裡是妳說來就來，說走就走的地方？」

雖然看不到，但是我覺得我現在的表情就如同那個地鐵上老爺爺看手機的表情包，這真是……讓人看不下去。

若是真正的華淺，不得被氣瘋啊？就連我這個外人都看不下去了。

眼見他們倆還要繼續秀下去，我趕緊開口：「我這院子裡不缺丫鬟，上次去王爺書房，看著似乎極為冷清，不如就讓牧遙去書房那邊服侍吧。」

你們倆給我有多遠滾多遠，別在我眼前，看著糟心。

這兩人一聽我這建議，不再爭吵了。一個感覺留住了對方，一個感覺沒那麼丟面子，當下一拍即合，離開了。

而我房間裡的嬤嬤和千芷簡直想把我的腦袋撬開，或者一巴掌打醒我。

「王妃怎麼這樣糊塗？那個牧遙一看就對王爺圖謀不軌，老身都看出來了。」

「就是，王妃為何不順從王爺，把她要過來當丫鬟，讓奴婢好生修理一下她？」

「王妃……」

不聽不聽，王八念經。

我才不想讓牧遙在我房間裡，每日看他們倆給我演狗血偶像劇。

無論李嬤嬤和千芷如何苦口婆心勸說加恐嚇，我都是一副寵辱不驚、高深莫測的表情，最後她們說得口乾舌燥，終於自己放棄了。

日子又這樣過去了兩個多月，我的日子就是在天天攢錢和聽一堆丫鬟婆子聊天中過去的。

或許是戀愛中的女人智商為零，沒了我的打擾，男女主的感情直線升溫。牧遙也沒有一門心思地想扳倒華府，我倒是暫時沒有了生命危機。

但願他們日後能念我的好，畢竟我給他們製造了那麼多機會。

目前我最大的難題，就是解開小時候的誤會，徹底成全他們。為了減少仲夜闌得知真相後的怒氣值，我能做的，就是趁現在多給他留些好印象。

回想了一下小說的情節，我突然眼前一亮。

算了算時間，再過三個多月應該就是那件事發生的時間了，我倒是可以好好利用一下，來解開和仲夜闌的誤會。

三個多月後，我便可以不必在這晉王府每日偽裝賢妻良母了。

然而我沒有開心幾天，就聽到了一個糟心的消息。

「王妃，大公子在酒樓裡和人鬧起來了。」李嬤嬤急匆匆地進來對我說。大公子？那個胖粽子？

「怎麼回事？」我皺眉問道。

「剛才華府傳來消息，說是大公子在酒樓裡……因女子和別人起了爭執，勞煩王妃前去看一看。」

我眉頭越皺越深，為何要來找我？

「為何下人找到了晉王府，父親和母親呢？」

李嬤嬤面帶難色開口：「丞相和夫人昨日告假回了族裡，一時半會兒無法趕過來，所以下人只能來尋王妃了。」

我頓時覺得胸悶氣短。

我說呢，原來沒人管他，他就又無法無天了。我才剛輕鬆了幾天，那個敗家哥哥就又給我找事做。

我這邊為了活著，努力樹立正面形象，他在那邊卻給我敗好感。只是若任由他鬧下去，丟臉的還是華府——誰讓我也姓華呢？

「備車，出府。」我沒好氣地吩咐千芷。

到了地方，我剛下馬車就看到酒樓外面圍了許多看熱鬧的人，看來此事已經鬧得不小。

來的路上聽報信的下人說了一下大概情況，那個好色的華深在酒樓吃飯，看上了彈琵琶的姑娘。那個姑娘性子也烈，誓死不從，有路過的江湖中人看不過去，出手救下了姑娘。

結果華深那個敗家子不依不饒起來，仗勢欺人，雙方僵持不下。

有眼尖的人看到我，默默地給我讓出一條路來。

一進酒樓我就看到華深躲在家丁後面，嘴上還不停地罵罵咧咧，叫囂著要讓別人好看。

他對面是兩個衣著普通，卻一看就是練家子的人，還有一個面容嬌美的女子，抱著琵琶躲在他們身後。

「兄長，你鬧夠了沒有？」進了酒樓，我未曾猶豫，直接厲聲喝斥。

看到我，華深眼神一亮，衝我跑過來，拉著我的胳膊欣喜地說：「妹妹，妳是來幫我的嗎？這兩個賤民不識好歹，剛才還衝我動手，妹妹，妳快幫我教訓他們。」

這人……腦子真的有問題，我怒氣沖沖地看著他，他還一臉興奮地認為我是來幫他的。

正準備開罵，突然聽到那兩個人之中的灰衣男子開口：「華府當真是仗勢欺人，華相的身分不夠用，還搬來了晉王妃這個救兵，在這京城，華家是要隻手遮天了嗎？」

灰衣男子目露精光。

我眉頭一皺，這真是好大的罪名。

「你哪裡看到我是來幫他的？」我反問。

灰衣男子輕嗤一聲，回道：「華大公子口口聲聲喊的妹妹，我等可是聽得一清二楚。晉王是何等的人物，如今竟然連自家後院都管不了，平白汙了他的名譽。」

這人怎麼對我這麼大的敵意？我來這兒就說了兩句話，他卻句句刺我。

「這位……壯士，是否對我有什麼誤解？」我開口相問。

「誤解談不上，只是我向來喜憎分明，可惜了晉王那等驚才絕豔的人才，偏偏將魚目當作珍珠，連女子家的骯髒伎倆都會中招……」

嗯？這人看衣著似江湖人士，怎麼話語中像是很清楚我嫁給仲夜闌的緣由？這話，就差沒指著我鼻子罵我不知廉恥地倒貼了。

還未想明白這其中緣故，突然見一個身影衝那灰衣男子撲過去，狠狠地打了他一拳。

灰衣男子一愣，當即一腳把那個身影踹出去老遠，還不解恨地上去補了兩拳，嘴裡罵罵咧咧：「哪裡來的狗奴才，想邀功想瘋了？晉王妃身邊那麼多守衛，哪裡輪到你一個酒樓跑堂的來出頭？」

眼見場面越來越亂，我趕緊命人拉開了那灰衣男子，被打的那個，看打扮的確是這家酒樓的雜役。

「來人，把他給我綁起來。」我伸手指向那灰衣男子。

灰衣人一愣，當即怒氣沖沖地吼道：「妳憑什麼抓我？」

「就憑你出言不遜，誣蔑皇室。」

「我哪有……」
不等他回嘴，我又抬手一指華深，說道：「把他也給我一同綁起來，全都送到京兆尹。」
酒樓裡的氣氛一滯，再鬧下去就真成笑話了，所以我需要當機立斷才行。

9

「妹……妹妹，妳是不是指錯人了？」華深油膩的胖臉上擠出一個尷尬的笑，問我。
「指的就是你，既然兄長的毛病改不了，那就去衙門那邊的牢房待幾天吧。還有你……」我轉頭看向那個灰衣人，繼續說道：「我不是京兆尹，所以無法判對錯，但是方才你屢次對我出言不遜，我也不是好脾氣之人，你們便一同去衙門解釋吧。」
說罷，我就抬手示意晉王府侍衛行動，自己走到方才那個被打的酒樓雜役面前。
他已經被打得鼻青臉腫，看不清面容，只是從他瘦削的身形來看，應該還是個十幾歲的少年。

不管他是會看人眼色，懂得見風使舵，還是為在我面前博個名，終歸是為了維護我。就算我不喜歡這類人，也不會不念他的恩情。

「你叫什麼名字？」我開口問道。

他的嘴裡似乎被打破了，說話帶著血沫，口齒不清地說著什麼。

我就聽到了一個「勇」字和一個「周」字，於是開口：「周勇是吧？方才多謝你一番好意了，只是下次你想為別人出頭之時，記得先考慮是否能保全自己，沒有什麼是比自己更重要的。」

那個雜役一愣，一雙棕色的眼眸定定地看著我。

我伸手扯了扯他方才被揪亂的衣襟，又繼續說：「你的醫藥費由晉王府來出，只是日後行事，切記不要再這麼衝動了，不是誰都願意承這份情的。」

雜役嘴動了動，似乎想說什麼。

這時我那哥哥華深突然撲過來抱住我的腿，哭喊：「妹妹，我知道錯了，以後再也不敢了，妳不要把我送到那京兆尹處。」

這個華深人雖紈褲了些，但是好歹還有怕性。不過，我是鐵了心要趁華相、華夫人兩人不在，好好治治他，免得他日後在我謀劃之時，給我一而再、再而三地添堵。

甩開他的手，我不理會就往外走。忽然一抹藍色的身影擋在了我面前，正是方才一直沉默地站在灰衣人身邊的另一人，他身著藍袍，攔住我，開口：「晉王妃且慢。」

我抬眸看他，只見他衝我作了一揖，開口：「晉王妃，我弟弟方才出言不遜，我向妳賠個不是。他向來心直口快且頭腦簡單，容易被人誤導，聽之信之，還望晉王妃不要與他一般見識。」

這兄弟兩人一個唱白臉一個唱紅臉，真是配合得不錯，我卻是不吃這套。「不必給我道歉，我不插手此事，你們去京兆尹處解釋清楚便是。」

「那這樣可好？我們兄弟兩人再次給王妃道個歉，也不追究華公子之過，終歸只是口角之爭罷了，還是別鬧到衙門去。」藍衣人又提出建議來。

華深馬上在旁邊應和，三個人都在等著看我的反應，我勾了勾嘴角說：「我可以不追究，只是你們之間該如何，可不是由你們說了算，要看當事人如何處置。」

他們一愣，開始看向一直被忽視的琵琶女，只有藍衣人仍舊意味不明地看了我一眼。

琵琶女唯唯諾諾：「若……若是華公子日後不再糾纏，小女自不會追究。」

「不糾纏不糾纏。」華深趕緊開口，真是看著又油膩又猥瑣。

受害人都開了口，我也不好再將他們強送衙門了，只是可惜了這個教訓華深的機會。

看著華深鬆了口氣後就得意忘形的模樣，我心生嘲諷，轉頭對晉王府侍衛道：「你們幾個送我兄長回去，在我父母回來之前，你們便守在華府，不許他踏出門一步。」

「妹妹……」

華深還想開口，但被我「你再說話我就把你送到衙門」的眼神嚇回去了，戰戰兢兢地跟著侍衛離開了。

那兩個江湖人見此，也對我一拜後相繼離開。看著他們的背影，我心裡卻未放鬆半分。

這兩人來得著實古怪，正想吩咐侍衛偷偷跟蹤他們一探究竟，突然聽到熟悉的聲音傳過來——

「晉王妃可真是令人刮目相看啊。」我心頭一跳，回頭看到一抹月白色的身影——皇帝仲溪午。

「皇……」

「噓——」未等我開口喚他，他就將手指比在嘴脣上，示意我禁聲：「我可是微服私訪，晉王妃莫要暴露了我的身分。」

酒樓裡的人開始慢慢散去，我勉強維持著笑容。

這皇帝怎會出現在這酒樓裡？

只見仲溪午一派月朗風清，笑得清透澄澈，沒有絲毫帝王架子，比起第一次在皇宮裡見我時，要溫和得多。

不過對於我這種從小怕老師，長大怕長官的人來說，在這種大人物面前，我還是不敢放輕鬆的。

「剛才見晉王妃處事乾淨果斷，真是和以前大不相同啊。」仲溪午眉目含笑，眼裡乾淨得沒有半點雜質，似乎真的是隨口說說。

我張了張嘴，卻是不知道該如何喚他。他馬上善解人意地說：「晉王妃算起來是我的皇嫂，那喚我名字就行。」

這不是說笑嗎？我哪有那個膽子？權衡之下我開口：「仲公子說笑了，為人妻和為人女時，定是有不同的。」

仲溪午並未過多糾纏於這個話題，反而問：「怎麼方才不見皇兄前來呢？」

「這終歸是我們華府的事情，王爺還是不出面為好。」我思索一下，才謹慎地回答。

仲溪午笑未變。

看著那張臉，真是有如春風拂面，這兄弟倆還真是兩個極端。一個像冰塊，一個像暖陽，也正對應了他們的名字——夜闌、溪午。

不過在言情小說裡，仲溪午這種溫潤有禮的性子可是不討喜的，大多是男二。人們似乎更喜歡看冰山融化，而不是暖陽依舊。

感慨歸感慨，我不想同他有過多牽扯，正欲開口告別時，卻聽他搶先說：「出來這麼久，我也該回去了。此番我是簡易出行，不知道晉王妃能不能捎我一程？」

我能說不嗎？

「公子若不嫌棄馬車簡陋，那便這邊請吧。」

我面上一派淡定，心裡卻直打鼓，這皇帝是要鬧哪一齣？與我同乘似乎有些不合規矩吧，難不成——

他看上我了？

這個想法把我嚇得不輕，他可是皇帝啊，後宮佳麗三千，我寧可不要命地去和牧遙搶仲夜闌，也不想被收入後宮。

然而上了馬車後，我就發現是我自作多情了。

因為仲溪午自上了馬車後就不再言語，直到下車才開口和我道了聲謝，看來真是來蹭車的。

忍不住為自己的胡思亂想而臉紅，那是未來屬於女主的痴情男二啊，我一個惡毒女二又在這兒瞎想些什麼？

洗鉛華

第三章

妳究竟是不是華淺

10

回到府裡天色已經晚了，李嬤嬤早就備下了晚餐。但是我被那個紈褲折騰得沒了胃口，勉強夾了兩筷子，就想吩咐她們撤下去，這時，卻來了個想不到的人。

只見仲夜闌身著藏藍色便服，抬步走了進來，修長的身軀在燈燭光下投下一片陰影，顯得一張臉異常白淨。

我不由得一愣，因為他這幾個月極少來我這個院子裡，我都習慣了，更別說是晚上過來。

我慌忙站起來想行禮，卻被他拉起來。

「我都說了，阿淺在我面前不必這般生疏。」低沉的聲音響起。

我身子不由得一抖，這可是我名義上的老公啊，想想還是感覺彆扭。

「太后娘娘說過，禮不可廢。」我維持住自己的微笑。

仲夜闌垂了垂頭也不說其他，只是側身坐下。「剛回府，還未來得及用晚膳，正好在妳這裡趕上了。」

本來不想吃了的我，只能又坐下來陪他吃飯。

「妳的食量怎麼這麼小？」

或許是見我胃口不佳，仲夜闌又開口問道。

「王爺未過來時，我就用了些許晚膳。」我回道。

我覺得有點不對勁，往日他和牧遙在書房你儂我儂的，今天為什麼跑我這裡了？若說今天有什麼不同，也就唯有我那個敗家哥哥闖禍了——他是來興師問罪的嗎？

果然，他放下碗筷，看著我的眼神格外鄭重。

難不成小皇帝找他告狀了？

正當我胡思亂想之時，聽到他開口：「這段時日，我是不是對妳有太多疏忽？」

這沒頭沒腦的話是什麼意思，是褒還是貶？我不由得皺起眉頭。

又聽他說：「今日妳哥哥之事，為什麼不來找我？」

這語氣太過古怪，不像是指責。摸不透他的想法，我只能謹慎地開口：「王爺每日已經有許多事務要處理，我自己能處理之事就不麻煩王爺了。」

我盡心為他考慮的話並沒有博得他的歡顏，他還是面無表情。「夫妻本為一體，妳現在怎麼對我這麼見外？」

好吧，我這馬屁是拍到了馬腿上，他難不成在怪我太過獨立？想想也是，之前的華淺可是萬事只仰仗他的，現在突然變化這麼大，難免會讓他產生落差感。

「我兄長之事太過荒唐，實在不適合王爺出面，否則他人更會說我們仗勢欺人。好歹我兄長還能聽我一言，我可以自己解決。」我繼續解釋。

仲夜闌直勾勾地看著我，看得我手心直冒汗。他說：「阿淺，為什麼我們成親以後，妳開始對我疏遠起來？」

這人……真是不識好歹！我善解人意地不去打擾你和牧遙，你怎麼反而怪我疏遠你？

「王爺多慮了。」我拿起一盞茶，尷尬地笑著掩飾。

「我們既然已經成了親，我就該對妳負責，之前是我……之錯，成親以後對妳諸多冷落，往後我會好好對妳。」仲夜闌鄭重其事地說道。

「咯咯……」

一口茶水一下子嗆在喉嚨裡，我狼狽地接過千芷遞過來的手帕，狀似不經意地躲開仲夜闌伸過來正欲給我拍後背的手。

這仲夜闌是何時生出的責任感？嚇得我差點要把小時候華淺頂替牧遙身分之事說出來了。

不過求生欲讓我閉上了嘴，現在還不行，我手裡的籌碼還不足以承擔仲夜闌的雷霆之怒。

猶豫了一下，我開口：「那牧遙呢，王爺如何處理？」

明顯看到他的身子一僵，猶豫了許久，才像是下定了決心：「我既然娶了妳，就不會負妳。」

所以，現在他在我和牧遙之間選了我？

說起來這部小說之所以稱為虐文，就是因為仲夜闌不像其他渣男一樣想左擁右抱，他娶了華淺，就沒想過要再把牧遙也收進房裡。

在不知華淺真面目之前，仲夜闌確實對她極好，寧可把對女主的愛意藏在心底……只是可能男女主光環太重，他努力想放手卻越陷越深，小說也由此越來越虐。

若不是仲夜闌後來得知了真相，再加上華淺的真面目暴露，恐怕他還是寧可自己難受，也不會休妻奔向牧遙。

之前的華淺，人雖不怎麼樣，但挑男人的眼光還是不錯的。只是有情人終會成眷屬，華淺這個惡毒女配只會迎來黯然落幕。

多麼俗套的劇情啊。華淺之前所做之事，就是一顆定時炸彈，讓我無法心安理得地接受仲夜闌此時的好意。

「我要的可不是你不會負我，王爺不妨給自己一些時間想想清楚，不然貿然做決定，可能對……所有人都不公平。」我低眉開口。

我需要時間，三個月後的祭祖典禮，那是我給自己積累籌碼的機會。

仲夜闌沉默許久還是走了，我疲憊地讓丫鬟撤去了晚膳。

李嬤嬤和千芷交換了好幾次眼神，見此又忍不住開了口：「王妃，方才王爺分明是想留下來的，為何王妃……」

「嬤嬤難道沒看出來嗎？他此時的心已經不在我這裡了。」我揉了揉太陽穴開口。

李嬤嬤一愣，嘆了口氣接著說：「王妃既然嫁過來了，身為人婦，做妻子的怎能時時刻刻都要求夫君的心在自己身邊？成親後過日子，不比之前做女兒家，王妃應當權衡利弊，而不是只憑感情。」

「嬤嬤說的道理我都懂。」我勉強勾了勾嘴角。「可是，我不願啊……」

李嬤嬤搖了搖頭，不再說下去。

她是華淺的陪嫁嬤嬤，自小看著華淺長大，感情也是極為深厚。她此時只當是我年紀還小，想等我慢慢明白這些道理，所以也沒有逼迫我。

院裡很快就安靜下來，我躺在床榻上，愣愣地看著床頂。

痛。

仲夜闌，別來招惹我。有些東西，一開始沒有得到，也就不會有所謂的失去之痛。

接下來一個多月，仲夜闌不再每天在書房忙碌，而是時不時來尋我，似乎是真的在踐行他說過的要認真待我的話。

與此同時，牧遙看我的眼神也越來越不善，為了不使我們的矛盾擴大，我開始避開仲夜闌。

只是晉王府就那麼大，躲來躲去的我，最後甚至選擇進宮找太后閒聊。

畢竟華淺的交際圈就那麼大，比起回華府，我更想和上屆宮鬥冠軍多聊一聊。不管怎麼樣，混個臉熟也對我以後有利，而且還能有效避開仲夜闌。

太后一開始對於我的殷勤格外警惕，反正我只是想親眼觀摩一下傳說中的宮鬥，所以也不在乎她給我冷板凳。

隔三岔五我就打著盡孝的名義進宮，太后可能是慢慢發現我真的只是想看看她，並無其他企圖，也終於漸漸和顏悅色起來。

這個老太太初次見，只覺得冰冷難以接近，然而接觸下來，我發現她雖然時不時會耍些小脾氣，但不是刻薄之人。

於是我往皇宮跑得越發地勤了，一來二去，和後宮的妃嬪也混得極熟。

她們每日都在勾心鬥角，突然來了我這個外人，彷彿是找到了宣洩的地方，動不動就拉著我說上許久。

一開始還顧忌我和華美人的關係，但是看到我幾次對華美人愛搭不理，導致她日漸勢弱後，其他妃嬪不管是心存拉攏，還是想找個外人說閒話，和我相處得都是極為不錯的。

我每日看她們在太后面前句句給別人挖坑，再加上在皇上面前邀寵，感覺自己嘴炮能力直線上升，無聊的日子也有意思起來。

這可是比《甄嬛傳》還真的宮鬥場面啊，我就差拿把瓜子嗑著看了。

日常仲溪午來探望太后時，總會有一大堆打扮得花枝招展的美人用各種藉口來吸引他的注意，看得我不亦樂乎，同時默默地學了不少本領。

11

看著太后遊刃有餘地處理著諸多妃嬪之間的關係，我突然打心底佩服這個老太太。

可能當太后沒那麼難，但是當一個是非分明、不偏不倚的太后，是需要極大的智慧和忍耐力的。

而太后的遊刃有餘和仲溪午的溫和有禮，倒是真不愧為母子，都是泰山……哦不，是美人崩於面前而色不變。

「太后娘娘，何老夫人又從南方託人送了些水果過來。」掌事蘇姑姑拎著一個匣子過來。

何氏是太后的母族，何老夫人則是太后的母親。何氏一族當初為避免外戚勢大，舉族搬至南方，只是每年寄些特產，族人極少出現。

一如太后和皇上的為人，謙遜而知進退。

太后打開一看，只見匣子裡裝著顆顆飽滿的荔枝，裡面的冰塊還冒著森森冷氣。

明明不是荔枝的時節，卻能千里送來，可見何氏一方面是有錢，另一方面就是真心疼太后了。

太后笑著搖了搖頭，合上了匣子。「都說了多少次了，母親還是不改，往京城送東西可是費時又費力。」

馬上就有妃嬪極有眼力地開口：「那是何老夫人疼太后娘娘呢，哪裡會嫌麻煩！」

太后心情也極好，回道：「哪裡是疼我這個老婆子？還不是皇上喜歡吃這個，給皇上送過去吧。」

本是吩咐蘇姑姑，可是當即就有妃子跳出來開口：「方才見蘇姑姑忙得腳不沾地，不如臣妾給皇上送過去吧。」

說著伸手就要去接匣子，卻聽另一個美人開口諷刺：「李美人可真是會見縫插針，太后娘娘的一番心意，妳還腆著臉去搶。」

李美人的手僵在半空中，臉上紅一陣白一陣，咬牙切齒地說：「衛姊姊這話就冤枉我了，我只是好心替太后娘娘分憂罷了。」

通過這段時間的觀察，我發現這宮中的李美人和衛美人是最水火不容的，兩人也算是頗受皇帝寵愛，再加上她們的父親品級相近，因此兩人總是動不動就掐起來。

戚貴妃獨居高位，不與她們一般見識，至於其他妃嬪，則是幸災樂禍地看她們熱鬧。

每每最頭痛的就是太后了。這不，兩個美人爭執不下，又讓太后下決斷，大有「妳若讓她去，我就不會善罷甘休」的架勢。

我在心裡默默地對太后抱以同情時，突然聽到太后開口：「淺丫頭在這兒也無事，不如幫我把這荔枝給皇上送過去吧。」

……我這是躺槍了嗎？

兩個美人見這差事落到了我一個外人身上，頓時也不吵了，可能覺得對方沒有占到便宜，所以兩個人都贊同由我去。

太后果然不愧是宮鬥冠軍，一句話解開了她們的矛盾。

「是，母后。」我站起來行了一禮，就接過匣子準備離開。

仲溪午一直都溫和得不像個皇帝，經過這些時日的相處，我也沒那麼畏懼他了。

但轉身時和戚貴妃的目光對上，她精緻的面容突然衝我一笑。我雖然一頭霧水，卻也回報以微笑。

跟著奴才一路到了御書房，稟告後我才進去。一路垂眉低眼不敢亂看，規規矩矩地說明了來意。

頭頂一道聲音傳來：「拿過來吧。」

等了半天也不見奴才過來接我手裡的匣子，我只得自己上前，將匣子放在桌子上。

這才發現書桌上放滿了奏摺，那工作量看著就讓人心驚，當皇帝果真辛苦啊。

「妳會看奏摺嗎？」

「啊？」突如其來的問話讓我沒反應過來，下意識地抬頭對上了仲溪午那雙清明的眸子。

仲溪午並未介意，反而開口：「妳看看這個。」

修長的手指夾住了一本黃色的奏摺，我躊躇片刻，還是接了過來。

這又是搞什麼名堂？於情於理都不該讓我這個「皇嫂」看奏摺吧？不過他開了口，我又怎麼能不看？那不就違抗皇命了嘛。

打開奏摺，後背頓時生出了一層冷汗，奏摺上寫的全是華深那個混蛋幹過的種種「好事」，欺男霸女，事無巨細。

奏摺還直接參華相教子不嚴，甚至言辭間直指華相本身有問題，才會導致兒子效仿。

手指不由自主地收緊，我說太后怎會突然讓我來送東西，怎麼想都覺得不太妥當，若是他們合計好的，就說得過去了。

不過他們的目的是什麼呢？試探我的反應，還是想從我入手，打壓華府？

看了將近一個月的宮鬥劇之後，我也開始多了些心思，當即做出羞愧的模樣跪下。「回皇上，兄長心智有損，因此家父才縱容了些，疏忽了對他的管教，還請皇上從重懲罰。」

若是華深有腦子，就不會明目張膽地做出這種事情來，也不怪我說他智障了。

「哦？」仲溪午挑眉說道：「妳倒是明事理，那依妳看，我該如何處罰妳的兄長呢？」

努力掐了自己一把，才讓自己擠出些眼淚，我抬頭說道：「華深是臣婦兄長，骨肉至親，即便他有諸多過錯，但是長幼有序，臣婦又是一介女子，不知該如何處理。皇上深明大義，自有處斷，臣婦不敢妄加指點。」

仲溪午聽此，似笑非笑地說道：「一直聽華相誇自己的女兒舉世無雙，怎麼在我面前這般拘謹？」

「做父母的，總是覺得自己的子女是最好的，因此難免會誇大其詞。」我低頭回道。

片刻後聽到一陣腳步聲，一雙繡著金線的黑色鞋子在我面前停下，在我身上投下了一片陰影。

察覺到他俯身向我靠近，我竟然下意識地想跑，這是我第一次感覺到上位者的壓迫，或者是他第一次在我面前展露君威。

果然男二的溫柔都是女主的，我什麼都沒有。

我強忍著一動不動，皇帝俯身，一隻手抬起我的手臂，將我拉起來，另一隻手抽走了我手中的奏摺放在桌上。

「晉王妃不必如此緊張，我並非興師問罪，只是隨口問問罷了。」仲溪午又恢復了平常的溫潤有禮。

只是還握在我手臂上的手掌傳來了陣陣壓迫感。我感覺自己擠出來一抹比哭還難看的微笑。

突然外面太監尖細的聲音響起來：「皇上，太后娘娘傳了口信過來，說是晉王來了，正在尋晉王妃呢。」

第一次感覺仲夜闌的名字那麼親切，我恨不得朝他飛奔過去，同時也不由自主地舒了口氣。

聽到仲溪午笑了一聲，我才發現自己太過慶幸，下意識地發出了不容人忽視的吐氣聲音。

仲溪午鬆開了我的手臂，說道：「走吧，我們去太后宮裡。」

我一路無言地跟在他的身後，到了太后宮殿，看到仲夜闌面容的那一瞬間，我都想哭了。

我錯了，我真的錯了，我不應該為了躲他反而把自己投到皇宮這個龍潭虎穴裡面，小說裡皇上可對華府沒那麼大的敵意，怎麼我一來什麼都變了呢？還是越變越壞的那種。

看到我一副泫然欲泣的模樣，仲夜闌雙眼不由得生出了很多困惑，卻沒有貿然開口。

直到走到他身邊，緊緊地拽住了他的衣袖，我才感覺方才飄浮的心落了下來。

「晉王和王妃的感情可真好啊，真是羨煞旁人。」戚貴妃的笑聲響起。

鑑於我這段時間培養的好人緣，其他妃嬪也跟著調笑了一番。

仲溪午的目光似乎不經意地瞟過仲夜闌的衣袖，頓了一下才轉移視線，開口：

「許久沒有在皇宮見過皇兄了，不知皇兄這段時間在忙什麼？」

仲夜闌一邊笑著回答，一邊默默地在衣袖下握住了我的手。

寬大的手掌將我整個手包了進去，他似乎是知道我的不安，雖然不清楚原因，卻還是給我以安慰。

12

恍恍惚惚出了皇宮，坐上馬車之後，我還陣陣心悸著。仲夜闌此時才開口問：「皇宮裡有誰為難妳了嗎？」

我敷衍地笑了笑，回道：「沒有。」

仲夜闌皺了皺眉頭，他明顯看出了我在撒謊：「阿淺，妳現在怎麼什麼事都喜歡憋在心裡呢？以往妳可是事事與我相商的。」

我垂下頭，不再言語。

弄不明白華府在皇帝心裡究竟是何種存在，讓我實在難安。

小說裡華府毀於女主手中，現在我化解了我們之間的血海深仇，不必非要再你死我活的，可是皇帝怎麼開始注意到華府了呢？

所以，是華府一定要亡，沒了女主的滔天恨意，也躲不過皇帝的不明心思嗎？

這就是反派唯一的出路嗎？

為什麼……偏偏是我，惡有惡報這個大快人心的套路，為什麼要由無辜的我來承擔苦果呢？

正胡思亂想之時，一個手掌突然落在我的頭頂。我抬頭，發現坐在我對面的仲夜闌看著我，雖然他還是面無表情，眼裡卻很是鄭重。「阿淺，我們成親以後妳似乎有很多心事，妳不願說，我不逼妳。妳只要知道有我在，我定會護著妳。」

這一番表白並沒有讓我放鬆半分，他想護著的那個人，可從來都不是我。倘若日後真相大白，我只求和他形同路人便好。

回到府裡後，不知是被嚇著，還是心裡忐忑，我竟然開始渾身發熱。

我一度感覺自己發燒到快要靈魂出竅，似乎就要回到那個車水馬龍的現代社會，然而一覺醒來，還是在這古色古香的屋裡。

雖然大病一場，但是也有好處，我有藉口不去皇宮了，畢竟我之前去得那麼勤，被皇上一嚇唬就不去，這樣太過刻意了。這病真是來得及時。

太后還派人過來問了問，看我實在是病得臉色蒼白，才沒有召我入宮。

與此同時，我發現……這古代的藥也太苦了吧！

我之前還挺喜歡苦澀的味道，比如苦瓜、蓮子心，或者咖啡，但是這種中藥的苦真的讓人不能忍。

我也曾很喜歡中藥的氣味，然而第一次喝我的臉就綠了，差點把胃吐出來。從那以後，我就偷偷把藥倒掉，正好可以讓病好得慢一些。

在我的不懈努力下，我成功地在病榻上躺了半個月之久。

生病初期，華夫人就帶著華深上門探望了。

想起那個讓我生病的罪魁禍首，我也沒了好臉色。雖然生著病，但是我一直讓千芷留意著外面的情況，得知仲溪午並未對華府發作，我才安下心來，卻也更加疑惑：他究竟是圖什麼？

「淺淺，妳這病了一場，怎麼看著瘦了這麼多呢？」華夫人開口，滿是難掩的關切。

終歸是華淺的親人，我掩下心裡的不耐煩。「母親或是許久未見，才有這種錯覺。」

華夫人拉著我囉嗦了許多，華深也乖巧地坐著一聲不吭，華夫人說了許久終於扯到了正題上：「我和妳父親因為……宮裡的事，去族裡待了一個月才回來，剛回來就聽說妳哥哥又給妳惹麻煩了。」

我一皺眉，華相突然拒絕給華美人任何支援，也難怪族中之人會叫他回去相商。不過我也不擔心，華相向來極有主意，不會出爾反爾，他認定華美人已有反心，寧可信其有，不可信其無，便不會聽他人之話就輕易動搖。

這也是所有聰明人最容易犯的毛病，越聰明越多疑，自己的女兒和弟弟家的姪女，孰遠孰近，一目了然。

見我不言語，華夫人給華深使了個眼色，那個紈褲就腆著臉朝我走過來，從懷裡掏出一盒子珠寶首飾，說道：「我看妹妹進了晉王府就不曾添首飾，特地為妳尋了些送來。」

華夫人也在一旁幫腔：「深兒心裡可是一直惦記著妳這個妹妹呢，去了首飾店，先把好的都包了起來，連我這個做母親的都沒有份呢。」

看著兩個人一唱一和，我終究還是接下了首飾，雖然不喜歡，但是不能當著華夫人駁了華深的面子。

然而我剛收下，華深老毛病就又犯了，只見他擠著那張胖臉諂笑著說：「方才過來，看到妹夫書房裡出來一個丫鬟，那模樣可真精神，我怎麼不曾在妹妹身邊見過呢？」

仲夜闌書房？

那不就是牧遙嗎？仲夜闌喜靜，身邊極少有丫鬟。

這個二傻子是覺得華府倒得不夠快嗎？竟敢覬覦仲夜闌的女人！

我當即忍氣怒斥：「華深，你給我把腦子放清楚了，仲夜闌身邊之人也是你能想入非非的？你也不怕連累華府的人掉腦袋。」

華深被我嚴厲的模樣嚇得縮回了腦袋，趕緊解釋：「我就是問問，妹妹不要生氣，我怎麼敢招惹妳身邊的人呢！」

看我還氣不過，華夫人趕緊開口：「淺淺，妳哥哥就這個樣子，口無遮攔。話說晉王身邊竟然有了丫鬟？是什麼來歷……」

牧遙在邊城長大，向來不喜歡那些虛與委蛇的場面，進京以來沒有怎麼露過臉，所以她們沒見過也正常。

「母親，妳現在該做的是管好妳的兒子，而不是把手插進晉王府。」我毫不客氣地打斷她。

華夫人臉上也有些掛不住了：「我這不是為妳著想嗎？妳這是生的哪門子氣……」看我臉色不好，華夫人終究不再說下去，而且讓華深去外面候著，免得再惹到我。

「妳哥哥雖然人遲鈍了些，但總歸還是真心實意對妳好的，之前有什麼都是先想著給妳留著，連我這個做母親的都沒這個待遇。」華深走後，華夫人又為他說起好話。

這華夫人可真是會美化自己的兒子，華深所做的種種事情，說他遲鈍都是在表揚他。

「當年我懷妳的時候，深兒不過五歲，每日都要來摸摸我的肚子，念叨著讓妳快點出來，他這個做哥哥的來好好照顧妳——」

聽不下去華夫人為那個紈褲說情，我又開口打斷了她：「勞煩母親今日回去給父親帶句話。」

華夫人一臉不解地看著我，似是沒想到我話題轉得這麼快。

「千里之堤，潰於蟻穴。」

華府就算必須要亡，也不能這麼快。

華夫人走後我繼續養病生活，每日晒晒太陽，聽聽丫鬟們閒聊，過得十分自在。

丫鬟們見我和顏悅色，也都沒那麼拘謹了。

負責刺繡的銀杏見我無聊，便主動與我搭話：「王妃可聽說了？王府裡新招了些府兵。」

「那又如何？」我不解地問道。

快言快語的翠竹搶先開口：「這次的府兵裡有一個人生得可好看了，王府裡的丫鬟都忍不住去偷看呢。」

果然不管任何時代的女性，都免不了八卦的心情。「是嗎？我怎麼沒印象啊？」我好奇地問。

「新府兵入府那天，王妃正好病倒了，才不曾見到。」銀杏回道。

翠竹面上微紅，傻笑著說：「王妃見了也定當稱奇，我真真沒見過那麼好看的男子。」

「瞧妳們那沒見識的樣子，一個奴才而已，長得好看有什麼用？」一旁的千芷不屑地說道，之前她本是對其他下人極為看不上的，在我努力掰扯下，總算好了些。雖然話還是不怎麼中聽，但總算沒那麼刻薄了。

銀杏和翠竹也沒那麼怕她了，比較活潑的翠竹還是忍不住小聲反駁：「若是芷姊姊見了，定然說不出這種話。」

千芷不屑地哼了一聲：「妳以為我和妳們這些沒見識的一樣啊。」看著一群丫鬟熱熱鬧鬧地拌嘴，我忍不住笑了起來。

多好的青春啊，在我十六、七歲時，也會和朋友討論男生討論得不亦樂乎，那種單純而肆意的歡聲笑語，才可貴啊。

13

轉眼到了仲夜闌的生辰，小說裡因為他生辰正是他母妃的忌辰，所以他從不過生日，而華淺為討他歡心，低調地在晉王府辦了個生日宴。

這個晚宴便是牧遙和仲溪午的第一次相遇，仲溪午對她一見鍾情。

本來我還曾想為了男、女主的幸福少點坎坷，阻攔一下仲溪午，但是現在想想，我還是老實待著吧。

仲溪午讓人捉摸不定，我可不敢再亂出手。仲夜闌又格外難纏，索性就按小說情節發展，給仲夜闌一個情敵，讓他產生些危機感。

若是仲夜闌一味地把心思放我身上，等到我坦白那天，他肯定會更加生氣。

千芷老早就尋來了一把名琴，想讓我到時候閃亮登場，而我聽了卻微笑不語。

小說裡的華淺是琴棋書畫樣樣精通，而我卻是琴棋書畫啥都不行，所以嘛，我也就有了別的打算。

仲夜闌生日當天，我按小說情節，讓人安排了一桌好菜，等他晚上回來。

而他回來時，身後不出意外地跟著仲溪午，我故作一副驚訝的表情行禮。

仲溪午絲毫沒有架子地讓我起身。「今日是皇兄生辰，我只是來湊個熱鬧。」

看著真是和藹可親，不過有了在皇宮裡的一番遭遇之後，我再也不敢放輕鬆了。

我們三人入了席，剛吃上幾口，就聽千芷小聲喚我：「王妃，東西備好了。」

兄弟兩人疑惑地看著我，我淡笑一下，開口：「今日王爺生辰，臣妾特地尋了一把名琴，想為王爺助興。」

身後的千芷露出滿意的表情，然而下一秒她的表情就變得無比僵硬，因為她聽到我說：「早聽聞牧遙的琴藝出神入化，我也十分好奇，不知牧遙可否為王爺演奏一曲？」

小說裡華淺先彈了一曲，然後開始挑釁邊城長大的牧遙，結果最後慘遭打臉。那我索性順水推舟助她成名，別拿我當墊腳石就行。

話音剛落，牧遙就懷疑地看著我，那模樣彷彿懷疑我在琴上下了毒，不然怎會給她鋪路？仲夜闌也同樣疑惑地看著我。

身後的千芷又是一副想衝上來搖我肩膀的模樣。只是大家都礙於仲溪午在，沒有發作，牧遙也行了一禮後接過琴開始彈奏。

按小說裡的說法，她的琴音不同於尋常女子的柔弱動聽，反而帶著錚錚鐵骨，使人頓生金戈鐵馬之氣。

家族的不平遭遇，使得琴音又多了幾分令人嘆惋的悲壯。

總之小說寫了那麼多，我是一個字都沒聽出來。

不過看到仲夜闌恍惚的神色，和仲溪午漸漸發亮的眼眸，我就知道應該是不錯的。

很好，都按小說情節走了。仲夜闌，你也給我好好清醒一下，看看你身邊馬上就要成形的情敵。

一曲終了，仲溪午是最先拍手的。「皇兄府裡真是臥虎藏龍，一個丫鬟卻能彈出如此琴音，真是令人嘆為觀止啊。」

嗯嗯，馬上就要觀摩男主、男二為女主手足相殘了，想想還有點小激動呢。

小說結尾終歸是皆大歡喜，我也不擔心他們爭奪一番，畢竟越難得到的，才越珍貴。

正當我傻樂時，仲溪午突然轉頭看向我。「久聞晉王妃的琴藝也是京城一絕，不知比之如何呢？」

……真是女主出場後，男二便開始為難我了。

「牧遙珠玉在前，我自愧不如。」我掩了掩嘴角，做出羞愧的模樣。

「那晉王妃為皇兄準備了什麼生辰禮呢？」仲溪午又望著我開口，眼裡滿是真誠的好奇。

你還沒完沒了了是嗎？

我哪知道他們聽完牧遙彈琴後還會想起我，我現在去哪兒變一個賀禮出來呀？

仲夜闌也抬眸向我望過來，讓我把那句「我沒準備」嚥回肚子裡。

慌忙中我四處亂看，想找出些什麼，目光掃過飯桌，頓時眼前一亮，心裡有了主意，便道：「皇上和王爺稍候片刻，我去去就來。」

古人有吃長壽麵的習俗。五音不全，要啥啥不行，吃飯第一名的我，唯一拿得出手的也就是廚藝了，這也是我之前在現代社會一個人住練出來的。

忙了小半個時辰，我才匆匆端著一碗麵趕過去。

我尷尬地笑著開口：「我自知才疏學淺，便只能拿這一碗長壽麵送王爺了，還望王爺莫要嫌棄，禮輕情意重。」

仲夜闌似是極為詫異，連一貫的冰山臉都維持不住了，應該是沒想到我準備了一個如此拿不出手的賀禮。

最終他還是接過去吃了一口，看向我，說了句：「王妃有心了。」

過關就行，我心底長舒了一口氣。

「晉王妃是何時學的這廚藝呢？我怎麼聽說華相的女兒是十指不沾陽春水的？」仲溪午又開口說道。

他還真的針對上我了嗎？

「這是我偷偷學的，想給王爺一個驚喜。」

或許是我說的極為真誠，連我的丫鬟千芷都覺得我是背著她們偷偷準備的賀禮，從而滿意地看向我。

鬼知道我是被仲溪午趕鴨子上架的。

好歹用一碗麵蒙混過關，總算不再糾結禮物之事了，仲夜闌非常給面子地把麵吃得一乾二淨，看我的眼神也越來越溫和。

而我心裡卻咯噔一下。

小說裡華淺成親之後一直不懂事地纏著仲夜闌，各種作死、耍心眼，才讓他漸行漸遠。我如今的表現卻和小說大相逕庭，我是不是需要學習一下之前華淺的方針路線？

晚宴就在我的胡思亂想中結束了，牧遙的琴聲也並沒有像小說中那樣引起巨大轟動，難道是沒有我的襯托，無法彰顯她的優秀？

仲溪午並沒有馬上回宮，兄弟兩人難得地對月互飲起來，我只得在旁邊作陪。

古代的月亮可真是亮啊，可能是因為沒有霧霾，所以真的如古詩中所說的，如一輪白玉盤掛在天空。

正在發呆之際，突然聽到仲溪午的聲音：「晉王妃在想什麼，這麼入神？」

我轉過頭，卻發現仲夜闌不在，下意識地開口：「王爺呢？」

仲溪午一愣，答：「剛才和皇兄說起城防布置，他去書房拿城防圖，等下就回來。」

我這是發了多久的呆？怎麼什麼都不知道呢？這仲夜闌有點過分吧，走也不和我說一下。

「看來我和皇兄說的話著實沒意思，才讓妳走了神。」仲溪午又開口笑道。

我借假笑掩飾著尷尬。「是臣婦太過愚昧，聽不懂皇上和王爺談的國家大事，才走了神，還望皇上恕罪。」

仲溪午面上帶笑，眼神卻是銳利的。

「我以為晉王妃作為華相的女兒，應該對這朝中之事很感興趣才對。」

這小皇帝還真是沒完沒了，為什麼一直揪著華府不放呢？或許是在晉王府，自己的地盤讓我有了幾絲底氣。

「嗯……皇上想錯了。」

仲溪午不由得一愣，似是沒想到我會回答得這麼乾脆，但他馬上也反應了過來：「晉王妃這是覺得在晉王府，就有底氣了嗎？」

「臣婦不懂皇上的意思。」我繼續假笑裝糊塗。

卻見仲溪午突然臉色一冷，皇帝的氣場撲面而來。「妳究竟是不是華淺？」

「我當然是。」我發現自己越心虛反而聲音越大。

仲溪午並未被我突然提高的音量嚇到，而是冷笑一聲道：「皇兄成親之前，朕也見過華淺幾面，她可是絲毫見不得皇兄身邊出現別的女子，更別說替別的女子在皇兄面前邀寵了。」

手心開始冒汗，他又開始拿君威嚇我了。

我強裝鎮定。「這話我之前似乎和皇上說過，為人女和為人妻自然會有不同。」

仲溪午挑了挑眉，繼續問：「妳說來聽聽。」

我深吸一口氣，回道：「為人子女時，父母是我的半邊天，所以我可以肆無忌憚地去喜歡王爺，因為將他視作我人生的唯一存在，才會想要占據他的所有視線。」

我停頓了一下，見仲溪午並未插嘴，定了定心繼續說：「成了親，我發現自己必須學會撐起來整片天，不能再只想一處。我雖依然愛王爺，卻不像以前只想把他據為己有。也是因為太過愛他，我才明白，只要他開心，我什麼都可以。」

一番令人臉酸的告白讓我大言不慚地說出來，仲溪午臉色並沒有好轉，依然十分冷漠，我努力不露出心虛的表情和他對視著。

突然他粲然一笑，如同驕陽般的面容差點晃了我的眼。

只見他頭一歪，衝著我身後說道：「這番告白聽著可真是讓人眼紅，皇兄可還感動？」

第四章

身體受了傷，心也會變脆弱

14

我機械地轉過頭，看到仲夜闌手裡拿著一遝紙，正站在涼亭外面的陰影處。全身的血液「轟」的一聲全湧到頭頂，我是真的想口吐芬芳了。

活了二十三年，從來沒有告過白的我，人生第一次遇到如此尷尬的境地。回頭再對上仲溪午那似笑非笑的眼眸，我覺得我還是一頭在這涼亭的柱子上撞死比較好。

仲夜闌踏步走來，眼神如同經歷了地震一樣動盪。他身後跟著的牧遙卻滿眼嘲諷，以她對華淺的瞭解，定會以為我是知道他們在才故意說這番話的。

我真的不是故意的，要是知道仲夜闌在聽，打死我都不會不要臉地說出那番話。

愛一個人時會變得十分口拙，不愛時才能侃侃而談，我就是因為對仲夜闌沒那個心思，才能這樣瞎扯一通，但是古人似乎不知道這個道理。

仲夜闌眼裡帶著愧疚，估計又覺得他成親以來忽視我了。

他張了張嘴：「妳……」

我當機立斷站起來，用帕子捂住臉，丟下一句「臣妾妄言，實在慚愧」，然後拔腿就跑！被帕子遮住的臉恐怕已經扭曲得不能見人了，實在是太丟臉了！這不是我想要的。

仲溪午，你身為男二，何苦要一直為難我這個不容易的女二呢？

一連幾天，我都閉門不出，還吩咐丫鬟誰也不見。千芷雖不贊成，但是見我嚴厲，也只能聽從，將仲夜闌擋在門外。

實在擋不了時，我就回了華府住。

這把華夫人嚇了一跳，以為我和仲夜闌置氣了。華深倒是挺高興，說是難得有機會每天都能看到我。

我以為我能忍受華夫人每天的謀劃人心之說、華相時不時的探究試探，還有華深動不動的作死，結果住了兩天我就忍不下去了。

這個家庭實在是太可怕了。

無奈還是回了晉王府，仲夜闌似是知道我在躲他，只當我是害羞，所以也不再來尋我，倒是讓我得了幾天喘氣的時間。

入夜，我沐浴過後便坐在了書桌前，拿著一支筆開始勾勾畫畫。因為我這個人記性不怎麼樣，所以我總是習慣先把接下來的事寫下來，再逐步推理，如此方能沒有遺漏。

剛寫下「祭祖典禮」四個字，就聽到外面一陣喧譁。停了筆讓平時話比較多的翠竹出去打探，然而她回來之時卻帶著一個人——仲夜闌。

這幾日緩過來了，我也沒那麼尷尬，所以就像往常一樣行了個禮。仲夜闌大步跨進來，看到我開口就問：「阿淺，院子可還好？」

我一頭霧水。「怎麼了？」

只見仲夜闌滿臉戾氣地說道：「有個不知天高地厚的人，竟然敢夜闖晉王府。」我眼前一亮。小說裡有這個情節，這個夜闖晉王府的人，應該就是我們的男三——伍朔漠了。

他聽說女主「被困」晉王府，便前來相救，結果女主猶豫之時驚動了仲夜闌，伍朔漠只得先行離開，而半個月之後的祭祖典禮才是他真正動手的時機。

很好，看見小說情節還是按部就班來的，我就放心了。

因為小說的時間線過得很快，而我卻一天天地過著小說裡沒有的生活，如同在填補時間線的空白，所以我無法得知我的異變，是否會給小說情節帶來什麼變故，但就目前看來，我並未影響劇情走向。

見我不語，仲夜闌緩了臉色開口：「方才過來看，妳這院子似乎人丁稀少，明日去找計東給妳們再添些府兵。」

我本想開口說不用了，畢竟這夜訪者是怎麼也到不了我這裡的，然而看到仲夜闌身後那群丫鬟滿是期待地看著我，心裡不由得覺得好笑，真是女大不中留啊。

「好的，那我明日派人去尋計管家。」我開口應下。

仲夜闌說完之後並未立即離開，似是還有什麼話想對我說，我視而不見地接下去說：「那臣妾恭送王爺。」

仲夜闌眉頭一皺，最終還是點了點頭離去。

他剛走，那群丫鬟就眼巴巴地看向我。我忍不住笑出了聲，倒是驅散了些心裡的不定。

「去吧，明天妳們去找計管家，把妳們想要的人要過來。」我無奈地搖著頭對她們說。

她們一個個頓時興高采烈得快要蹦起來了。

年輕真好啊，我十五、六歲的時候也曾有喜歡的人，也是恨不得朝朝暮暮見到他。

那時候的喜歡就是這麼單純，每次不經意的相遇彷彿就是最大的幸福。可惜現在我這個二十三歲的人，雖披著十七歲少女的皮，心卻已經老了。

對我來說，現在最重要的就是做好祭祖典禮的局。

我繼續拿起筆開始塗寫回憶，小說中，男三伍朔漠在典禮上帶人蒙面大鬧了一場，想要帶走女主。

仲夜闌不知情，一力護著她，牧遙這個時候才看明白自己的心，她不願離開，更是因為仲夜闌擋下了伍朔漠射過來的一箭，徹底揭開了兩個人之間的那層紗。

救命之恩誰能抵抗住呢？這倒是讓我這個知情者撿了個便宜，無論華淺做過什麼，我都可以用這個來抵消。

不過我可沒那麼傻，去為仲夜闌擋箭，我想的是關鍵時刻我抱著他往地上一滾，避開男三射過來的箭就行。

這樣我不用受苦，也得了個「救命恩人」的稱謂。華淺之前騙人的確惡劣，但是在這個恩情面前，仲夜闌再生氣也不會對我出手了。

對於已經掌握了時間、地點、情節的我，這簡直就是送上門的人情，為何不收呢？

我現在需要做的就是一遍遍演練，鍛鍊身體的敏捷度。這個身體太柔弱，我還得多多努力才行。

於是每日晨昏，我開始在院子裡跑起步來，把一院子的丫鬟看得瞠目結舌，在我的警告下，她們也不敢多說什麼。

唯有李嬤嬤因為年紀大了，還會時不時痛心地念叨幾句，看我的眼神活生生就像是我誤入歧途了一樣。畢竟在這些世家嬤嬤眼裡，女子應當謹言慎行，恭順良淑，我天天擼著袖子跑步，簡直要把她氣出心絞痛來。

不過還好，我的院子裡只有些丫鬟、嬤嬤，府裡的小廝和府兵都在院外守著，無事也不會擅闖，所以時間一長，李嬤嬤也就忍了下來，任由我胡鬧。

轉眼就到了祭祖典禮，天未亮，我就被拉起來梳妝打扮。這讓嗜睡的我覺得十分痛苦，不過想到今天過後，我和仲夜闌就徹底兩清了，遂打起了精神。

典禮上我要穿王妃服飾，真是又厚又重的袍子，還得戴那一堆看著就脖子痛的珠寶釵飾。我心裡默念：忍忍吧，最後一次了。

跟著仲夜闌來到祭壇時，已有不少官員候在那兒了，遠遠看到了華相他們，我微微點頭示意了一番。

等了約莫一刻鐘，皇帝和太后相攜而來。因未曾立后，所以是太后站在皇帝身旁。

接下來，所有官員和親眷都到自己的位置上站好，這場面讓我忍不住想起了大學升國旗的場面，大家也是按照各自的位置站好，奏國歌，行注目禮。

這時司儀開始主持了，一連串聽不懂的語言像是在唱歌。

我忍不住笑出了聲，頓時收到身邊之人各異的目光，連仲夜闌都皺眉看了我一眼。

我趕緊眼觀鼻，鼻觀心，老實站好。

15

直到太陽升到了正頭頂，典禮才結束，不知道是不是我的錯覺，身邊之人都明顯鬆了口氣，看來難受的不只我一人啊。

不過這時候我反而精神起來，因為好戲就要上場了。

剛走到晉王府隨從身邊，突然聽到人群一聲驚呼，接著就看到高臺上仲溪午身前一支箭射入地面。

「護駕！」

隨著公公尖細的聲音響起，一群士兵迅速將仲溪午圍了起來，仲溪午只是眉頭緊皺，並未露出半點畏懼。

我不由得勾了勾嘴脣。真是和小說裡的情節一模一樣，伍朔漠就是趁大家散場，人群凌亂而鬆懈之時，出手聲東擊西，他真正的目的，自然是救牧遙。

隨後便有幾十個黑色的人影湧入，對著人群砍殺，看著像是想殺出一條路到仲溪午身邊，實際卻慢慢將晉王府的人隔離開來。

仲夜闌手持長劍，眉目凌厲，牧遙則是擔憂地站在他身後。

我默默退到了最後面，按照小說情節，還得殺上好一會兒，伍朔漠見仲夜闌一直攔著，無法接近牧遙，才搭箭射擊。

所以我就先老老實實待在旁邊看戲吧。因為小說中華淺並未在此次襲擊裡受到半點損傷，我這才有恃無恐地待在一旁。

人群裡的黑衣人出手並不狠辣，一看就並不想傷人性命，只是想製造混亂。當局者迷，而我這個旁觀者卻看得格外清楚。

瘋狂喊叫哭泣的人群裡，我簡直就是個異類。

正當我想找找看哪兒有瓜子，能讓我嗑著看會兒戲時，一個黑衣人突然持刀向我衝過來。

他怎麼不按套路出牌？

方才人多眼雜，我就獨自退到了最後方，可他偏偏從後面襲擊，現在我身邊空無一人，仲夜闌還在前面酣戰。

我當即冷了臉色，用之前在皇宮裡從太后和皇上身上學的凌厲氣場，衝那黑衣人吼道：「住手！」

不知是我目光太狠，還是表情太凶，那個黑衣人真的舉著刀停了下來。我抬手一指前面的牧遙，那黑衣人也下意識地看了過去，我說道：「那才是你的目標。」

黑衣人僵硬地轉回頭，沒有遮住的雙眼露出了被羞辱的神色。可能他反應過來了：為什麼要聽我的話？

隨即他的刀砍了下來。

我心裡哀號：你能不能按小說情節來？

正當我閉眼準備抱頭逃竄時，突然聽到刀劍相擊的聲音，隨後是一聲悶哼。

我睜開眼，看到的是一個身量和我差不多的少年郎的背影，身穿晉王府府兵的衣衫。

他牢牢地擋在我面前，微側過頭對著我。我看到他的側臉上有幾點血漬，這才明白他是在為我擋去他方才擊殺黑衣人的血腥場面。

「王妃，妳沒事吧？」少年開口。

我頓時放下了心，果然小說裡華淺沒受傷，就是應該不會受傷的。我上前拍了拍那個府兵的肩膀。「有前途啊，少年，你叫什麼名字？」

我感覺到手下的身體一陣僵硬，又看到他嘴唇動了動，不過人群太吵，我沒聽清楚他說什麼；正欲探頭過去，我突然注意到牧遙的臉色變得決絕。

不好，女主要擋箭了，當即也顧不得嘉獎那個府兵，我拔腿就往仲夜闌那個方向跑去。

到了他們身邊，我就看到遠處一個黑衣人手持長弓，正欲拉開。一看他那不同於其他黑衣人的衣服樣式，我就知道他是男三伍朔漠。

看到牧遙抬手似乎想抱住仲夜闌，我當機立斷推開了她。「放著我來！」

我算對了時間，算對了方向，算對了人……

卻唯獨沒有算到一個警惕的習武之人下盤有多穩。

我全力撲向仲夜闌，想撲倒他，然而他一動不動……一動不動！

我頓時心涼了，是真的涼了，因為我一撲未成之後，低下頭就看到了自己胸口那個凸出來的箭頭。

很好，給我來了個透心涼。

仲夜闌的表情也不復方才的淡定，眼神裡滿是驚恐，他向我伸出手。我張嘴想說話，卻只有鮮血汩汩地湧出。

太疼了！

兩眼一黑，我不知是疼昏過去還是嚇昏過去了。

再次醒來，我發現自己又躺在了房裡的床上，胸口的箭已經沒有了，取而代之的是撕心裂肺的疼。

好傢伙，這男二、男三真不是蓋的，可能真的與我有仇。

「千……嘶——」剛想叫千芷，就牽扯到了胸口的傷口，疼得我感覺自己差點就要往生。

然而聽到動靜最先進來的卻是仲夜闌。我一愣，他匆匆走過來，語氣溫柔得彷彿要沁出水來：「阿淺，妳終於醒了。」

我頓時感覺傷口更疼了，我這算是偷雞不成蝕把米嗎？不對，應該是賠了夫人又折兵。

「我……」

「妳不要說話，好生休養。大夫說這箭再偏一點……我恐怕就無法再見到妳了。」我剛說了一個字就被他打斷，他繼而滿目含情地看著我。

……這是把女主的劇情安到我身上了嗎？我覺得不能再猶豫了，要趕緊快刀斬亂麻。

「我……」

「有什麼事等妳好了再說。」我的話又被他打斷。

「不行，我……」

「阿淺，妳放心，我今後……定不會負妳。」仲夜闌又一次開口。

我兩眼一翻，感覺一口氣堵在胸口不上不下，差點駕鶴西去。

忍痛伸手緊緊抓住仲夜闌落在被角的手，我再次開口：「仲夜闌，我有事必須現在對你說。」

仲夜闌一臉疑惑地看著我。廢話，就要趁我半死不活的時候說，你再生氣也拿現在的我無可奈何。

「小時候在寺廟陪你守陵的那個女孩……不是我，而是牧遙。」我咬牙忍痛說了出來。

仲夜闌臉唰的一下變白了。「妳在說什麼！」

果然，這件事對他太重要了。

我深吸了一口氣，繼續說：「王爺還記得當時給那個女孩的玉珮嗎？我之前撒謊說被我兄長打碎了，但是我在牧遙身上見過。」

察覺到我握著的手陡然變涼，我的傷口好像更疼了。

「還有，我和王爺之間清清白白，從未有過夫妻之實。當初那場……意外，是我下的藥，因為我察覺王爺對牧遙不同，再加上我是冒充的，慌亂之下才做出那等錯事，好嫁進王府來。」

我鬆開了握著他的手，眼淚都被傷口疼出來了，看著倒像是我真的悔過了。

「這次在生死關頭走了一遭，我才知道自己錯得有多厲害。我不求王爺原諒我的過錯，只求王爺日後莫要牽連我的家人。」

「我一人之錯一人擔，王爺若要休妻，我亦不會有怨言。是我蒙了心智，王爺生氣也是應當……」

一口氣說了這麼多，疼得我淚眼模糊，完全看不清他的表情。

最終，我又昏了過去。為什麼這個世界沒有強效麻醉藥呢？

再次醒來時，身邊果然只剩下千芷，沒了仲夜闌的身影。

我絲毫不意外。

「千芷，給我拿些蒙汗藥過來。」我輕聲吩咐。

千芷紅著眼眶給我拿了過來，接下來很長一段時間，我都靠蒙汗藥度日。

我是一個很怕疼的人，所以我寧可選擇昏迷不醒，也不想清醒地面對傷口的疼痛。

這樣睡著、昏迷著，這大半年經歷的事情、見過的人，輪番在夢裡出現，一度我都不知道自己是醒著的還是昏迷的。

又一次睜開眼時，我看到仲溪午在床邊坐著。

「真是見鬼了。」我又閉上了眼，這小皇帝怎麼在夢裡還陰魂不散？

「哦？朕長得有那麼……不堪入目嗎？」

熟悉的聲音響起，我猛地睜眼，一用力想坐起，可胸口疼得我頓時清醒。

這……不是夢！

16

倒吸了口冷氣，不知是被嚇的還是傷口疼的，我掙扎著想行禮，仲溪午抬手示意不必，我也就順水推舟免了，只是咬牙坐起來。「方才臣婦作了惡夢，口出狂言，還望皇上恕罪。」

仲溪午勾脣笑了笑，並不在意。「無妨，晉王妃不必放在心上。」

這些時日我都是昏睡著，突然醒來，腦子還是昏沉，只是隱約感覺不對勁。

「聽聞晉王妃昏迷了五天之久，母后心憂，便讓我帶徐太醫來瞧瞧。」仲溪午開口解釋。

我竟然睡了這麼久？這幾日每次醒來，我為了減少些疼痛，都會喝許多蒙汗藥，並未留意竟迷迷糊糊了這麼久。

我此時才注意到仲溪午身旁站了個中年男子，是太醫的打扮。我腦子有點發懵，可能是睡了太久，一時之間轉不過來，就聽從仲溪午的話伸手給太醫。

徐太醫上前號了片刻脈，之後起身行禮開口：「回皇上，晉王妃身子已無大礙，之前……先前傷勢頗為凶險，迫近心脈，恐怕日後會落下心絞痛的毛病。」

心絞痛？

我腦子裡突然浮現林黛玉捧心蹙眉的模樣，我以後會向她看齊了？

「既是無大礙，為何會昏迷如此之久？」

仲溪午皺眉發問的模樣把我從胡思亂想中拉回現實。

「回皇上，臣方才號脈時，察覺到晉王妃體內有大量蒙汗藥的殘留。」徐太醫拱手，不慌不忙地回答。

我勉強擠出一抹微笑開口：「是臣婦怕疼，所以才依靠這蒙汗藥度日。」

仲溪午明顯一愣，似是沒想到這個回答。

一旁的徐太醫又插嘴道：「恕下官直言，是藥三分毒，蒙汗藥過度使用會導致虛弱無力，有損心智，王妃還請慎用。」

我不由得一愣，只想著睡著避開疼痛，卻未曾想蒙汗藥竟影響智力。難怪這些時日總是感覺頭腦昏沉，我可是要靠腦子吃飯的，以後還是忍忍不吃吧。

想到這裡，我面帶愧色地回道：「多謝徐太醫提點，日後我定會注意。」

仲溪午面上不知是好笑還是詫異：「我還不曾聽說用這個法子來躲疼痛的。」

「是臣婦太過虛弱，吃不了這疼痛才出此下策。」

我是真的怕疼，從小到大，能吃藥我絕不打針。之前最嚴重一次發燒到將近三十九度C，我也是靠偷偷吃藥扛了過來，不敢告訴家人，就怕被逼著打針。

仲溪午衝徐太醫點頭示意，徐太醫就拱手告辭了。

我一臉懵：他不一起走嗎？

可能是我的表情太明顯，仲溪午開口：「晉王妃可是想趕我走？」

「臣婦不敢。」我趕緊開口，漸漸清醒的腦子仍想不明白他還留下幹什麼。看我的笑話？

仲溪午從容地在桌子旁坐下，一旁的千芷趕緊倒茶。他輕飲一口才說道：「我有些事還想不明白，想請晉王妃給我解惑。」

這人真是卑鄙，明知道我此時腦子迷糊，還故意挑這種時候問問題，我趕緊強打精神。

看我如臨大敵的模樣，仲溪午並未在意，繼續溫和地說下去：「那日祭祖典禮刺客突襲，其他官家小姐都驚慌失措，晉王妃那等從容的模樣真讓人注目。」

祭祖典禮那麼亂，這個仲溪午好好的注意我幹麼？不過想想我當時四處尋找瓜子看戲的模樣，確實是淡定得過分了。

「因為王爺在身邊，臣婦相信王爺才未慌亂。」我垂下眼眸，做出一副小媳婦嬌羞的模樣。

仲溪午語調未變，仍是好聲好氣地繼續問：「可是我見晉王妃直接面對刺客也未曾有半點退縮，那氣場竟讓刺客都停了動作。」

我裝腔作勢嚇唬蒙面人的場景也被他看見了？

那他是否……也看見了我指向牧遙的動作？

我繼續「嬌羞」地笑了笑，正欲開口，笑容卻不由得一僵。

不對！

仲溪午此時並不知曉我和牧遙之間的糾葛，所以那日我指向牧遙的方向，在他看來，恐怕是……仲夜闌的方向，因為仲夜闌就站在牧遙身前。

抬眸對上仲溪午的眼睛，只見他笑容和煦，可是笑意未達眼底。

我真是……蒙汗藥真的太傷腦了，日後我再疼也得把它戒掉。

平時我可不是這麼遲鈍，這麼久才察覺出仲溪午的意圖。

果然，一開始就感覺不對，於情於理都不該是他仲溪午帶著太醫來看我。依我們兩人的身分，這種行為著實出格。

想起徐太醫方才的話，我心底陣陣發冷，竟蓋過了傷口疼痛。

難怪徐太醫方才著重說了我之前傷勢過重，原來他仲溪午壓根兒就是懷疑我在裝病，所以才特地帶太醫，想親自查看我傷勢是否真有那麼嚴重。

若是我傷勢輕了，恐怕他就斷定刺客是和……華府有關了，那我救仲夜闌的目的也就沒那麼單純了。可是出乎他的意料，我是真的差點丟了命，然而聽他所問，這也未曾打消他的疑慮。

華相本就是奸臣，仲溪午這般揣測也無可厚非，可是我為什麼覺得這麼委屈呢？我可是差點死掉了，為何還要蒙受這種冤屈？

「臣婦才從鬼門關走了一遭，受了些驚嚇，腦子不清醒，所以勞煩皇上有話直說。您可是在懷疑那日刺客和華府有關？」我語氣不大好。享受不了病人的待遇，總得讓我發一下病人的脾氣吧？

仲溪午明顯一愣，似是沒想到我會這般直白，眼裡也露出幾分尷尬，和我對視的眼眸閃了閃，然後開口：「晉王妃想多了，朕只是隨口一問。」

心虛了就拿君威壓我。

我強忍疼痛下了床，感覺手腳都在抖。這一動，感覺傷口可真是太疼了。

仲溪午似是想站起來扶我，我卻直接跪下，垂首開口：「皇上，臣婦雖只是後院一介婦人，可是臣婦也知道人的命只有一條，即便是臣婦有不軌之心，也不會拿自己的性命相搏。」

想起這事我就心塞，明明只是想救人圖個恩情，結果差點把自己賠進去，真是倒楣催的。既然算計失誤讓我差點丟了命，那可得好好利用一下。

「臣婦心知皇上向來對我有諸多偏見，只是方才徐太醫也說了，這箭傷差點送我去了黃泉。臣婦因為怕疼寧可選擇服用蒙汗藥度日，難不成皇上還認為臣婦是這般不畏死之人嗎？那日祭祖典禮混亂，臣婦不知自己舉動有何不得體而引來皇上的疑心，只是臣婦將王爺的安全看得比自己的命還重，難道這還不足以證明臣婦的一片真心嗎？」

昏睡了好幾天，雖沒有照鏡子，我也知道自己怕是憔悴得像個女鬼。希望這副形象能打消仲溪午心頭的幾絲懷疑吧。

他拐彎抹角地試探，我就偏偏反其道而行之地直言相告，看他還好意思欺負我這個生病的弱女子不。

仲溪午的臉色僵硬了片刻，眼神終究緩和下來，他伸手扶我。「是我失言了，晉王妃莫要——」

這時外面突然響起了奴才的通報聲：「皇上、晉王妃，王爺身邊的丫鬟牧遙求見。」

仲溪午一愣，我也趁機抽回自己的手，在千芷的扶持下站立。

牧遙走了進來。

我看到仲溪午的目光陡然變亮，完全不同於看我時的探究。

「妳是那日彈琴的那個丫鬟吧？妳叫牧遙？」仲溪午先開口問道。

牧遙落落大方地行了一禮，和我的蒼白憔悴形成了鮮明的對比，她回道：「回皇上，正是奴婢。王爺聽說皇上入府，特讓奴婢來請皇上過去。」

她這一句話給我傳遞了兩個訊息：一是仲溪午是不請自來，完全沒有告知仲夜闌；二是仲夜闌……已經到了不願見我的地步。

仲溪午笑著點頭應下，回頭看到我還站著，目光似是閃了閃。「晉王妃好生休養，朕就不叨擾了。」

靠著千芷行了一禮恭送，我感覺身子都在抖，連累千芷都差點站不穩。

牧遙走在後面，跨過門檻時回頭看了我一眼，眼神是說不出的複雜，最終還是轉頭離開了。

突然，我鼻子酸了起來，仲溪午只看牧遙一眼就能一見鍾情，為何我做了這麼多努力，他卻還是對我滿懷敵意和揣測？

還有仲夜闌，如今是見都不願見我。

牧遙想要博得他人的信任和喜歡就如此容易，而我……我生平第一次羨慕起她，羨慕她那與生俱來的女主光環。

「小姐，是不是傷口太疼了？妳眼眶都紅了。」千芷扶我在床上躺好，看到我的臉後擔憂地問道。

「是呀，太疼了。」我閉眼回答。

原來一個人的身體受了傷，心也會變脆弱。

17

咬牙不再使用蒙汗藥，但我傷口還是未痊癒，隱隱作痛著，這樣撐了三、四日後，下床行動才不會牽扯到傷口。

這些時日仲夜闌沒有來過一次，我也摸不透他的想法。小說裡是華相倒臺之後，華淺冒充頂替的事情才被牧遙揭露，仲夜闌就直接寫休書趕人。

現在華相還在，我又是主動自首，照理說不管是看我背後的權勢，還是我的態度，他都不該有那麼大的怒氣。差人去尋了幾次，卻只得來一個「他在忙，沒時間」的回覆。

我不由得想，是不是我自首得太早了？應該在對仲夜闌再好一點之時再坦白。可是我的命都差點給他了，還不夠嗎？

晉王府的人極會見風使舵，見我受傷之後，仲夜闌除了最開始的探望，就沒再到我的院子，下人逐漸對我多有怠慢。

我倒是還好，不過千芷那丫頭因為之前的性子吃了不少虧，遂也開始學得穩重起來。我不由得心疼起她，這也算是我連累了她，才逼得她這樣迅速成長。

聽翠竹說，華夫人和華深幾次想探望都被擋住了，原本想理論，但不知道仲夜闌說了什麼，他們都灰頭土臉地走了，不敢再硬闖。

我估計是拿我嫁進晉王府的真相牽制了他們。

只是華夫人終究心疼自己女兒，人來不了，東西卻源源不斷地送進來，各種滋補藥材堆成了堆。

而華深也是每隔幾日就會託人送些東西過來，不過送的都是珠寶首飾。可能對於他那種紈褲來說，取悅女人的禮物只有這些吧，我每次都直接丟在一邊，看都不看。

養好了身子我就坐不住了，不管是被休還是其他，我都得知道個方向才能進行下一步。

被休的話我就直接回華府，再聲稱自己想青燈古佛靜心度日，直接出府到皇城之外的地方拿著銀子快活去。若是……其他結果，我還得再規劃一下自己的路線，總不能一輩子在這裡浪費青春吧？

於是我去了仲夜闌的書房，門口是牧遙守著，她看到我，眉頭皺了皺。

「我有事求見王爺，麻煩妳通報一下。」我有禮貌地開口，此時的女主可得罪不起。

牧遙看著我的目光沒有了之前那種刻骨恨意，卻還是不善。「王爺說了……不見妳。」這話說得倒是直白。

「可是我有事必須見王爺。」我並未知難而退。

牧遙目光縮了一下，卻低頭並未言語，仍是一動不動。

我又走近一步，迎著牧遙詫異的目光開口：「牧遙，我之前說過，很多選擇不是出自我的本心，但是我不會對妳再有任何不軌之心。我欠妳的，我發誓會一點點地還給妳，妳信我一次，好不好？」

或許是這段時間的病痛折磨的，我臉色非常蒼白，牧遙目光明顯閃了閃，非常複雜，她咬了咬脣正欲開口，卻被書房內一道低沉的嗓音阻止——

「我正在處理公務，不見……人。」

牧遙一愣，瞟了我一眼，便又垂下頭不再看我。

我抬手按住胸口那處箭傷，努力使自己放大聲音時不牽扯到它：「臣妾華氏，今日前來自請下堂。」

說完就感覺手按著的傷口又疼了片刻，果然還是未癒合，一用力就會痛。

牧遙一臉震驚地看著我，彷彿根本不認識我，院裡其他守衛也終於一改木頭人形象，向我側目。

等了許久，書房內也沒有回聲，我便又開口：「臣妾所言實為深思熟慮的結果，望王爺鄭重考慮，臣妾回院子靜候通知。」沒有回應，我轉身就走。

苦情戲裡面的女主總是苦苦守在門外等男主開門，那樣的戲碼我可演不來，再說我也只是個女二，所以就不等在這裡受罪了。

我既在大庭廣眾之下說了那番話，他仲夜闌有本事就一輩子都不見我。

回院子的路上，跟著我的千芷、翠竹眼眶都紅了，我心中覺得好笑，這兩個傻丫頭定以為方才那是我受委屈之後的賭氣說辭，所以才會為我難過。

「兩個傻丫頭，我自有打算，妳們不要瞎操心，我可是堂堂丞相千金，還能被人欺負了去？」我忍不住開口安慰她們。

眼見就要走到院子門口，我開口想轉移她們的注意力：「翠竹，妳去給我尋些點心來，沒用早膳，走路都感覺步子飄了。」

然而一直沒聽到回話，我疑惑地回頭，看到翠竹正面泛紅暈地偷瞄院子門口，似是完全沒聽到我的話。我順著她的目光看去，看到一個府兵打扮的少年正守在院門口。

額頭上不由得冒出些黑線，虧我剛才還怕她為我難受，好言相勸了那麼久，結果這個丫頭看到情郎就忘了娘——不對不對，是忘了我。

我心裡不由得好奇，仔細看了那府兵一眼，也不由得一愣。難怪翠竹這個小丫頭春心萌動，這個府兵生得真是好相貌。

男生女相，那張臉精緻得恐怕連女子都會嫉妒。只是他棕色的眼眸帶著幾分戾氣，反而為他增添了幾分男子的英挺，不至於太過陰柔。

看我打量他，那府兵抬眸瞄了我一眼，又迅速垂眸，但耳尖已泛紅。我不由得心覺好笑，再回頭看翠竹痴傻的模樣，我忍不住大聲嘆了口氣，抬步繼續走。

隱約感覺這府兵有點眼熟，走到門口處，我又忍不住扭頭看了他一眼。入目是他的側臉，我恍然大悟，這不就是在祭祖典禮，為我擋下了蒙面人之刀的那個府兵嗎？

腳步一轉，我邁步到了他的面前。他被我突如其來的動作嚇了一跳，連脖子都紅了。

「是你呀，少年，就是在祭祖典禮救了我的那個？」我歪著頭開口。

他深深地垂下頭才開口，聲音帶著些許沙啞：「回……回王……王妃，是屬下。」

應該是正在變聲期吧，這院子人太多，以往我都不曾留意到他。

「典禮上太亂沒聽清，你叫什麼來著？」我又好奇地問。

「屬下……叫華、戎、舟。」他突然抬頭，棕色的眼眸直視著我，一字一頓地回答，看著極其認真。

「放肆，誰給你的膽子，敢平視王妃……」身旁的千芷厲聲喝道。

我抬手阻止了她的喝斥，看著那府兵……哦，華戎舟迅速垂下頭去，我又開口：「那這次我記下了，原來我們還是同姓，你今年幾歲了？」

華戎舟又抬頭看了我一眼，才回答：「屬下今年……十六了。」

真是個小朋友啊，我心裡默默地想著，便抬手拍了拍他的肩。

感覺他身子一抖，可能是緊張，我放柔聲音：「那我大你七……呃，一歲，你的相救之恩我還記著呢，日後好好努力啊。」

差點兒把我的真實年齡報出來，忘了華淺只有十七歲。

「是，王妃。」華戎舟回答得極為鄭重，像是我交給他了什麼重要差事一樣，年紀小就是好騙。

抬步往院子裡走去，也不知道我還能在華府待多久，日後我若是離開了，就給他些銀兩當回報吧，總不能忘恩負義。

晚上讓丫鬟幫忙洗了個頭之後，我就一身清爽地上了床，卻翻來覆去地睡不著，最後還是自己摸索著點上放在床頭的油燈，披了件外衣坐了起來。

不想喊丫鬟，我就著燭光開始翻箱倒櫃。反正睡不著，不如好好盤查一下我的物品，這些時日華深送來的首飾好像挺值錢的，趕明兒去賣了，換成銀錢存起來。

冷不防傳來一個聲音：「妳在找什麼？」

「收拾行李。」我下意識地回答，卻突然感覺不對。

一回頭，仲夜闌正一身黑衣站在燭光的陰影裡，面容比這黑夜還黑。

手被嚇得一抖，燭光迎風而滅，黑暗裡一片寂靜。

洗鉛華

第五章

絕不會再肆意揣測妳

18

「把燈點上。」仲夜闌聽不出喜怒的聲音再次響起。

我欲哭無淚，這大半夜的是想嚇死人嗎？火石方才被我放在屋中央的桌子上，現在我眼前黑到伸手不見五指。

華淺有一點倒是和我挺像的，都有輕度夜盲症。

「我……我看不見。」我握著油燈，老實地縮在首飾臺前，小聲回答。

等了許久，才聽到一陣腳步聲離我越來越近。

手裡的燈被人突然搶走，我像個傻子一樣大氣不敢出一下，就傻看著黑暗。

隨後是火石摩擦的聲音，接著一絲火光亮起，隨後油燈就被點著了，我也看到了仲夜闌面無表情的那張臉。

果然，這男人愛妳時是一張臉，不愛妳時就是另一張臉了。

他重新回到桌子前，把油燈放好，自己則一聲不吭。

我頓時不知道該怎麼辦了，他為什麼會大半夜過來呢？這個時刻實在不適合談正事。

糾結了片刻，我還是沒有動，只開口問：「王爺前來，是白日的問題有答案了嗎？」

仲夜闌的面容在燭火搖曳下顯得飄忽不定，只是聲音卻沒有一絲波瀾：「妳是料定了我會趕妳出府，才會在此收拾行李？」

我眼珠轉了轉，才開口：「不是王爺想的那樣，是我睡不著，想起來兄長在我養病期間送來許多首飾，我都未曾看過，才起來整理一下。」

仲夜闌明顯是不信的。「日後別對本王的心思妄加揣測。」

呵呵，又一個嚇唬人的，「本王」都用上了。

不對，我都自請下堂了，哪裡來的日後？

正疑惑著，又聽仲夜闌說道：「這些時日我有個問題想不通，妳在祭祖典禮上救我，只是為了功過相抵，好離開晉王府嗎？」

我不由得一抖。這個王爺也太聰明了吧，雖然昏暗中可能看不清楚表情，但是我還是做出一副痛心的模樣。「王爺怎麼如此說臣妾？臣妾的一片痴心天地可鑑，只是前期執念太深才入了歧途，現在清醒過來，自然是要離開……」

「妳既然如此深情，那本王就成全妳，讓妳留下。」仲夜闌突如其來這麼一句，硬生生地將我的表白噎在喉嚨裡，我……又適得其反了嗎？

我勉強又開了口：「那怎麼行，臣妾已知錯，自然要承擔後果……」

仲夜闌勾了勾嘴角，露出一副皮笑肉不笑的表情。「知錯了就行，妳為救我差點賠上性命，我也不是忘恩負義之人，晉王府的糧食養得起一個閒人的。」

什麼意思？

難道說我後半生就得困在這個小院子裡孤獨終老嗎？

我不要啊，我還有大把的鈔票，大堆的古風美男呢！

要不要承認我是為了離開晉王府才救的他？還有我只是沒推動他才被迫擋了箭，這樣他就不必念這個恩情了吧？

仲夜闌好像猜到了我的想法，搶先說道：「華相權勢滔天，我還得給華府幾分薄面。妳既功過相抵，就老實待在這後院度日吧。」

華相？

那我讓華相倒臺，不就不用給他薄面了嗎？

這個想法讓我又想抽自己嘴巴子了，現在華相倒臺，恐怕我會更慘。

正想再說幾句，仲夜闌就起身離開了，不給我半點時間。

更過分的是，他還把油燈熄滅了！

「王……王爺？」我心存希望地開口：「我看不到東西了。」

然而等了片刻卻沒有一點聲音，我不死心地繼續說：「王爺，我是真的什麼都看不見。」

還是沒有回應。

我深吸一口氣，開始伏低身子，按記憶裡的房屋布置，慢慢摸索，想要回到床上。

一次又一次被不知道什麼東西磕到膝蓋，第三次撞到東西後，我終於忍不住低聲咒罵：「仲夜闌，你個忘恩負義沒人性的東西！」

許久才摸回床上，我終於舒了口氣，等明天膝蓋估計會青紫一片。

一陣風吹過來，我伏在床上看到窗戶還開著，涼涼的月光投了進來。奇怪，明明記得窗戶剛才是關著的呀。算了，不管了，總之凍不到我。如果再下去關窗的話，指不定又會被磕幾下。

早上，我剛想賴個床，就聽到外面吵吵鬧鬧。

「千芷！」我帶著起床氣大喊，卻看見千芷紅著眼眶進來，看著像是被氣的。

「怎麼了？」我皺眉問道。

「王妃，方才王爺身邊的侍衛南風來了，說是……要……」千芷低著頭結結巴巴，語氣滿是不平。

「好好說話。」我皺眉吩咐。

「南風說王爺要把王府的中饋印章拿走。」千芷說著就帶上了哭腔，終究是個小姑娘。「王妃傷勢未癒，王爺不但不念及恩情，還……還……」

抬手揉了揉太陽穴，我開口：「給他吧。」

我不貪這晉王府一分錢，所以一直以來的中饋都是推給下人幫忙打理，這拿不拿走，對我來說也沒什麼區別。

「可是王妃……王爺他怎麼能……」

看千芷還是不服氣，我嘆了口氣說：「千芷，王爺他知道了，當年在寺廟的真相，還有我為了嫁過來設計的那個局……」

千芷的臉一下子變白了，只是最後還是忍不住嘟囔：「那王妃為王爺差點沒了命，他也不能這樣絕情吧？」

千芷是我的丫鬟，自是站在我的角度，覺得仲夜闌太過冷血，不念舊情。

可若是站在仲夜闌的角度來看，華淺騙了他這麼久，還設計他，差點讓他和真正相愛之人分離，他怎能不恨呢？

千芷終究不情不願地把中饋印章交給了南風，接下來我才真正知道了什麼叫人情冷暖。

院子裡的下人見風向不對，漸漸投向別的地方，一來二去，我這院子變得格外冷清，只剩千芷、翠竹、銀杏和李嬤嬤四人。

對了，還有那個叫華戎舟的府兵，可能是年紀小不通人情世故，依然守在我這院子門口處，沒有另謀出路。

院子裡人少了，我倒是感覺不錯，省得天天人來人往，讓我連名字都記不住。

仲夜闌並未限制我的自由，所以傷好之後，我可以自由出入，看來他是要把我當成隱形人了。

日常飲食上倒是沒有虧待我，畢竟我身後還有華相這個後臺，下人雖見我失寵，卻不敢太過苛待。

這種愜意安靜的生活，讓我差點想就此墮落下去，不再去綢繆。但是又想，我也不能一輩子守著仲夜闌呀，這大好的年紀我還是得多出去看看，順便找個對象，談場戀愛。

於是我又開始制訂新的路線。

現在我沒了性命之憂，那就該作死了——讓他仲夜闌忍受不了，然後趕我走。

正好此時接到了太后的召見，我便迫不及待地前去抱大腿。

剛出了院子就聽到華戎舟喚我，我讓千芷先去安排馬車，自己走了回去。

華戎舟伸出雙手，掌心是一個方形木頭盒子，我疑惑地接過來，打開一看，是一只銀鐲。

又是華深那個敗家子送過來的吧，說了他那麼多次了，還是不開竅，只送我首飾，還不如直接給我錢呢。

我合上盒子把它放回華戎舟手裡。他一愣，棕色的眼眸呆呆地看著我，我開口：「日後華深再派人送東西過來，你直接幫我退了，就說我對這些不感興趣。」

轉身準備走，聽到華戎舟又急急忙忙地喊：「王妃，這不是普通首飾。」

我回頭，看到他拿出鐲子，按向鐲子接口凸起處，然後一擰。

「喀答」一聲，鐲子竟然變成了一把精緻的小刀，約有十公分長、一指寬。

我眼前一亮，又從他手裡接過那不知是該叫銀鐲還是該叫小刀的東西。

「這華深終於長記性了，尋了這樣個新奇的玩意兒。」我驚嘆地開口。

這小刀不大，沉甸甸的，卻又很精緻，不知是否鋒利，我伸出手指想摸一下刀刃——

手腕卻突然被緊緊拽住，抬頭疑惑地對上華戎舟滿是緊張的眼眸，他說：「王妃小心，這刀雖小，但是異常鋒利。」

19

「能有多鋒利……」

我拿著小刀割向手裡的木盒，話還沒說完，木盒就被切去一個角，真是削鐵……削木如泥啊，跟切豆腐一樣。

忍不住又切了幾下，盒子被割成幾塊我才停下來，越來越喜歡這個精緻的小物件。

「給華深……呃，兄長回個話，說我甚喜歡這個東西。」我愛不釋手地說著，對華深的印象也好了些，看來他也不全然是個一竅不通的二傻子。

抬眼對上華戎舟那雙漂亮的棕色眼眸，他似乎也格外開心。突然他注意到自己還拉著我的手腕，頓時臉變得通紅，倉皇地就要跪下。「屬下……」

「別做那些沒用的。」我拉起了他準備下跪的身體。「來，教教我，這個是怎麼變回鐲子的？」

這個操作也格外簡單，只是按著凸起處，再往反方向一擰就變回一個平淡無奇的鐲子了，真是個防身的好物品。

看著一直垂著頭的華戎舟，這似乎是個格外實誠的孩子，我心念一動：也該培養些自己的人了。

「我這院子裡也沒什麼東西好守著的，現在我正準備入宮，缺個護衛。」我努力擺出慈母的表情。「你來為我駕車可好？」

華戎舟抬頭，錯愕地看著我，我繼續笑得如同一個老母親。只見他面上通紅，灼灼目光中卻少了幾分戾氣：「屬下……遵命。」

我既然下定決心要離開晉王府，那上到太后，下到晉王府侍衛，都得好好經營人脈。

到了皇宮，跟著領路太監一路低頭走著，突然前面的太監身形閃了閃就沒了。

我一皺眉，身邊的千芷緊張地開口：「王妃……」

我抬手示意她不必驚慌，我可是被大搖大擺請進來的，怕沒人敢這樣明目張膽地設計我。

片刻後，前面路口突然閃現一個明黃色的身影，仲溪午言笑晏晏地出現了：「這麼巧啊，晉王妃。」

我面上微笑著行了一個禮，心裡暗罵，巧個鬼！能在皇宮這樣大膽設計別人的，也非他莫屬了。

「我正好也要去母后那邊，一同前往吧。」仲溪午微側身，我緩步跟上。注意到他身邊的大太監高禹公公不著痕跡地擋在千芷前面，拉開了我們之間的距離，我就明白他是有話對我說。

「妳傷勢可好些了？」果然，才和下人拉開距離，仲溪午就開了口。「那日在晉王府，因為皇兄有請，我都沒來得及細問妳。」

他還想怎麼細問？

「回皇上，臣婦已無大礙。」我中規中矩地回答。

仲溪午腳步一頓，我裝作不知，繼續走，他又開口：「看妳一副氣未消的模樣，難道還覺得我在不分時間地……試探妳？」

我連頭都沒有抬：「皇上說笑了，臣婦不敢。」

「只是不敢，而不是不氣？」仲溪午聲音並未見怒氣，似乎有些無奈，但還是一如既往的溫和。「那我向妳保證，日後絕不會再肆意揣測妳，妳可會消氣？」

這是什麼亂七八糟的臺詞？我忍不住側頭看了仲溪午一眼，只見他笑得極為真誠。我嘴角抽了抽，他這話，搞錯對象了吧？

「皇上所思自是都有道理，哪裡算是揣測。」我繼續客套著。和他打過這幾次交道，哪一次不是句句給我下套？保險起見，我還是做出一副誠惶誠恐的婦人模樣就好。

「也罷，來日方長。我似乎現在才看懂……」仲溪午沒有再糾結之前的話題，卻沒頭沒腦地來了這麼一句。

「說起來，那日晉王妃說的一句話，我思來想去覺得十分有道理。」仲溪午話題倒是轉移得不露痕跡。

只不過……又來了，和他說話真的心累，那麼多彎彎繞繞，可是我又不敢不接話。

「臣婦愚昧，不知又說錯了什麼話。」

仲溪午嘆了口氣：「說過不再揣測妳，妳不必這般謹小慎微。」

我不語，鬼才信呢。

仲溪午雙手負於身後，腳步未停地說道：「妳說人的命只有一條，所以凡事都不值得以命相搏，這個道理日後妳還是好好琢磨一下為好。」

啥意思？拿性命威脅我？這個皇帝真是吃飽了撐的，天天就喜歡玩弄權術，虧他長了那張如春風般的臉，原來溫柔全都是對於女主而言。

看我臉色不太好，仲溪午愣了片刻，腳步緩了緩，又說下去：「我的意思是妳……」

正好到了太后宮殿，我大步邁進去，把他拋在身後。

高公公攔著千芷，導致他們落後了不近的距離，所以我這種逾矩的動作，他們也應當看不見。

穿過來之後我處處忍讓，這次實在是不想再聽仲溪午那一堆七拐八繞的話了。誰還沒有點氣性，我就不信他還能現在就把我拉出去斬首。

快步走進太后宮殿裡面，太后眼尖，一下子就看到了我，馬上做出一副生氣的表情。「妳這個丫頭真是不懂事，闌兒那麼好的功夫哪裡輪得到妳出頭，白白在床上躺了那麼久，讓我在這宮裡還得提心吊膽。」

明明是惱怒的一張臉，眼睛裡卻是明顯的關切，我心裡一暖，坐到了她身邊，露出討巧的笑臉開口：「母后教訓得是，是臣妾太衝動了。」

看我主動服軟，太后臉也繃不住了，拉住我的手說：「看看妳都瘦成什麼樣了，以前我就嫌妳身子不好，現在瘦成這樣，日後可怎麼給闌兒傳宗接代呀。」

我的笑容一僵，難不成所有的長輩都喜歡催婚催生子？跨時代她們也沒有代溝啊。

正猶豫要不要開口跟她說我和仲夜闌的關係變化，仲溪午的聲音傳了過來：「母后太偏心了吧？我都進來這麼久了，怎麼像是看不見我一樣呢？」

自己親兒子來了，太后臉上笑容更盛，嘴上卻是不留情：「你還好意思說，到現在連個孩子都沒有，我可不得把期望放在闌兒身上？」

她說完還拍了拍我的手……我一個戀愛都沒談過的人，為什麼要和他們在這裡討論生孩子的話題！

仲溪午看著也是無奈，就老實坐著不再說話，太后又轉頭向我說道：「病了這麼久也不給我報個信，害得我都想派個太醫去看妳了。」

我一挑眉，看向仲溪午，他清俊的臉上也有了幾分尷尬神色。

當初某人可口口聲聲說是太后擔心我，才讓他帶太醫來看我的，這真是現場打臉，太后都不知道這事兒。

「是臣妾懈怠了，下次定不會如此。」我裝作不知地回太后。揭穿仲溪午也沒啥意思，大家都心知肚明，何必硬要把臉皮撕破呢？

「還敢有下次？」太后重重地拍了我的頭一下。「妳是覺得我這條老命活得太長了是吧？」

我趕緊開口討饒，哄了半天才安撫好這個老太太。

之前太后雖對我親近了些，但還是有些距離的，沒有今天這般像是自家人一樣。

看來我為仲夜闌擋箭一事，讓她徹底對我改觀了，覺得我是真心喜歡仲夜闌的，所以之前華淺用過的小伎倆她也不放在心上，權當是平常女子太過喜歡才犯的錯。

陪太后說了許久，天色漸晚，我才開口告辭。

我話音剛落就聽仲溪午說道：「時辰不早了，那兒臣也不叨擾母后了。」我剛說要走，他也跟著走，這也太明顯了！一看就是又想拉著我打嘴仗。

太后那麼聰明的人，自然也看了出來，她眉頭皺了皺，卻沒有開口阻止。我只得和仲溪午一前一後，出了太后宮殿。

20

出了宮殿，我頭也不抬，行了個禮拔腿就走，速度簡直和專業的競走運動員沒什麼兩樣。

「晉王妃。」仲溪午的聲音從身後傳過來，我腳步未停，裝聽不見。千芷畏懼地拉了拉我的衣袖，我還是昂首挺胸大步向前邁。

「華淺。」

我還是不理會，專心致志地競走。

忽然左手腕猛地被拉住，止住了我的步伐。

我反應迅速地甩開，後退一步開口：「皇上這是做什麼？男女授受不親，臣婦現在還是皇上的皇嫂，皇上這種舉動，是想置臣婦於不義之地嗎？」

高公公被我大不敬的態度嚇得目瞪口呆，仲溪午抬了抬手，高公公便極有眼力地又扯著千芷走遠了幾步。

「方才喚妳幾次，妳都裝聽不見，怎麼現在反倒怪起我了？」仲溪午見他們走遠才開口。

「皇上喚臣婦了嗎？臣婦心念王爺，匆忙趕路沒聽見。」我擺出一副死豬不怕開水燙的模樣。

「妳前幾日不是都自請下堂了嗎？怎麼現在還拿這個身分來狐假虎威？」仲溪午並未生氣，只是好笑地問著。

「皇上日理萬機，對別人的家事未免太關注了吧？」我還是冷著一張臉。

仲溪午低頭輕笑了一聲：「妳今天怎麼像是被踩了尾巴一樣，脾氣這麼暴躁？」

你才有尾巴，你全家都有！心裡暗罵一句，才反應過來我此時應該也算他「全家」裡的一員。

「皇上若無其他事，臣婦就先告辭了。」我行了一禮轉身又要走。

「妳怎麼不聽人說完話就要走？」仲溪午的聲音再次響起，他又一次扯住我的衣袖。「我只是想說方才來的路上，我讓妳惜命的意思是——」

「皇上。」我猛地抽回袖子，「撲通」一下跪下，地上尖銳的石子刺得膝蓋生疼，我強忍著疼痛開口：「皇上若是真心提醒臣婦惜命，就不該和臣婦拉拉扯扯，這皇宮耳目眾多，皇上可曾想過旁人見了，臣婦該如何自處？」

「我看有誰敢胡言亂語！」

「自是不會有人說皇上，可是臣婦呢？」我抬頭對上仲溪午微瞇的雙眸。「臣婦現在失了王爺的心，父親也已年邁，兄長又一事無成。臣婦身為一介婦人，本就孤立無援。皇上自是體會不到一個女子的難處，臣婦別無所求，只想日後青燈古佛，與世無爭罷了。」

許久沒有聽到仲溪午的聲音，他也沒了笑容，我強迫自己保持著看破紅塵的表情。

最終他開口：「妳還是覺得我在試探妳嗎？」

我垂頭不語，只聽他嘆了口氣說：「罷了。」

然後我面前那明黃色的衣角一閃而過，他慢慢走遠，千芷見狀趕緊過來扶我。

站起來後我才舒了口氣，這兩個兄弟沒一個省心的，我方才藉著發脾氣，給仲溪午分析了華府的形勢，也是在表達自己的態度。

我失寵，華深一事無成，後宮裡的華美人也被我斬斷了和華相的聯繫。現在華相權傾朝野又怎樣？終歸他根本就是後繼無人，仲溪午完全不用再通過我來打壓華府。

「趕緊走。」我低頭對千芷說。

看她一臉迷惑的模樣，我又說道：「剛才和皇上吵了一頓，我怕他等會兒反應過來，來找我麻煩。」

千芷：「……」

回去的馬車裡，我閉目養神，心思百轉。

只怪之前華淺深愛仲夜闌的人設立得太牢，所以我因為知錯而想和離的說法根本站不住腳，不然衝著太后如今對我的態度，我也能求求她。

現在，我要是在仲夜闌不追究錯誤的情況下還堅持和離，那就平白惹人懷疑了。

所以要想和離，一是我有錯，二是仲夜闌有錯。我有錯的風險代價可能太大，讓我難以承受，而仲夜闌有錯的話……也不容易啊。

若是再早穿越過來一天，我就算撕破了臉也要阻止當初那場婚禮，可偏偏是婚禮之時穿越過來，真是給我出了難題。

剛回到晉王府，就看到華府的下人來送帖子，說是讓我明日回華府。這些時日華夫人都無法進來看我，所以看到我今天能進宮看太后，就迫不及待地來請我了。

我揉了揉眉心。仲溪午態度不明，華府可能還是他心中的一根刺，我能做的就是不讓華府成為眾矢之的。

真不明白，為何女主還沒開始左右仲溪午的想法，他就這麼早地開始針對華府……

第二日，我無視千芷的催促，睡了個懶覺才出發回門。

華府門口是華深來接我，他一路興高采烈地問我可喜歡他這些時日送去的首飾。

被他纏得無奈了，我才拉了拉袖子，露出那個暗藏玄機的手鐲，說：「喜歡喜歡，這不，我都戴出來了。」

他一愣，肥胖的臉上露出了些許疑惑，正好這時候走到了正廳裡面，我也就不再應付他。

華相和華夫人坐在上座，華夫人一看到我，趕忙走過來，拉著我看了一圈：「這些時日沒見，妳怎麼消瘦成這個模樣了？是不是那晉王苛待妳了？當初真是看走眼了，那個冷血無情的……」

「夫人。」華相低沉的聲音響起，帶著些許警告。華夫人動作一慢，拿著帕子擦了擦淚，卻不再言語。

華相這才輕咳一聲開口：「淺兒身子可恢復了？」

「我已無大礙。」

華夫人拉著我在桌子旁邊坐下，華深也老老實實地自己坐好。華相這才切入正題：「我聽說妳前幾日尋晉王爺自請下堂？」

迎著華相嚴厲的目光，我承認：「是的。」

「胡鬧。」華相喝斥。「妳年紀不小了，怎麼還是這樣任性！」

「老爺……」華夫人看華相語氣太重，趕緊推了推他的手臂，華相卻不理會。

果然，今日喊我回來就是興師問罪的，他們進不了晉王府，只能讓我回來接受說教。

我苦笑一聲：「父親為何不問原因就斥責我呢？」

華相眉頭越皺越深：「能有什麼原因？之前在府裡太慣著妳了，把妳養得這麼不懂事。」

「老爺，淺兒年紀還小，你少說兩句吧。」華夫人又出來打圓場，然後轉頭衝我埋怨：「淺兒，雖說這次晉王做得不地道，但是妳好不容易嫁過去了，怎麼還能耍小脾氣呢？夫妻相處本就需要包容……」

他們真的是華淺的父母嗎？我開始懷疑了，為何只會一味地怪罪我，而半點兒不問我的想法？

「母親，妹妹這麼漂亮，喜歡她的人多了，何必一直待在晉王府受委屈呢？」

萬萬沒想到，華深竟會為我說話，我心裡一柔，頓時感覺他也沒那麼面目可憎了。

「閉嘴。」華相怒吼：「你有什麼資格說話！天天一事無成，你若上進些，我至於為了這個家這般費心謀劃嗎？早知道，還不如當初沒生你呢！」

華深頭一縮，明顯畏懼得不再開口。

我看戲到這裡，心裡也平靜下來了：「父親，一直以來你所圖的是什麼？」

華相目光如同利箭般落在我身上，這次我並未畏懼：「是權傾朝野，還是想要闔家歡樂？」

「妳這說的是什麼話？」華相重重地放下手裡的茶盞。

華夫人一直衝我使眼色，我視而不見。「想必父親要的定然是第一個吧？說什麼為了這個家，可是看著兄長墮落卻不加管教，看著女兒受委屈卻連原因都不問，只會斥責。我在父親心中，是不是從來都只有晉王妃的身分這一點價值？」

「淺兒！」還是華夫人開了口：「妳怎能如此說妳父親？」

「我說得有何不對？」我冷笑著開口：「我和仲夜闌已經恩斷義絕，他礙於情面要留我在王府虛度餘生，我又為何不能離開？非要把餘生全浪費在晉王府嗎？」

華相氣極反笑：「當初不是妳要死要活地想嫁進去嗎？現在後悔了？」

「對，當初是我要嫁進去的，甚至冒充了仲夜闌心中之人，還下藥設計他娶我。我年少無知是非不辨，凡事只憑個人喜惡。這些事兒，父親都是知道的，可是父親……」我開口，眼眶卻不由自主地紅了，真是可恨之人必有可憐之處，之前的華淺心思不正，大部分還是家庭原因吧。

「難道你不知道我做錯了嗎？為何從來都沒有告訴過我？」

第六章

明知是非而不言對錯

21

「在我想冒充別人時，父親為何不告訴我不該這樣做？在我想下藥設計仲夜闌時，父親為何不說女子不該這樣自甘墮落？為人父母，不就是要在子女不懂事誤入歧途時及時指導嗎？母親居於後院，可能閱歷有限，可是父親……為何你從來都是明知是非，而不言對錯呢？」

若是華相當初能夠對華淺嚴加管教，華淺會不會不至於一錯再錯？我不知道這個猜想的結果如何，可是現在的我真的有點難過。

華相面色陰晴不定，我擦了擦眼淚開口：「父親現在還能說不是只想著權勢嗎？」

「放肆。」華相拍案而起。「我若沒有這權勢，妳以為妳和妳哥哥能想要什麼就有什麼嗎？好處妳都拿完了，現在反過來怪我疏忽你們？」

「那父親知道我真正想要什麼嗎？」我也站了起來。「我想要的不過是一家人好好地過著普通的生活，父親若是想證明凡事只為我們著想，那就辭官吧。我手裡的錢足夠我們找個小地方，後半生衣食無憂。」

「我若是辭官了，以後誰來護著妳那任性妄為的哥哥？我讓妳嫁入晉王府，是想著妳哥哥日後若是落魄，我們又不在了，妳能扶他一把，可妳還是只知道要妳自己的大小姐脾氣，半點不為他人考慮。」華相似乎越來越生氣，臉漲得通紅，沒了以往儒雅的模樣。

「說到底，父親還是捨不得手裡的權勢啊，還拿兄長做藉口。」我忍不住笑了起來，心裡彷彿突然有了一片荒漠，那裡寸草不生。

「父親可想過這滔天的權勢也是燙手的山芋？日後父親若是跌落高臺，等待華府的是什麼？華氏一族又會是什麼下場？從現在開始，我不會再給父親任何權力上的支持，這個晉王妃，我是不會要——」

「啪！」

清脆的耳光聲響起。

「老爺！」華夫人的驚呼聲也響起。

只見華相跌坐在椅子上，雙目噴火般盯著我。「逆女，養了這麼多年，養出妳這麼一個東西……」

華夫人上前給他撫胸口順氣，用眼神示意我趕緊道歉，連華深也吶吶地扯了扯我的袖子。

我撫著方才被打歪的臉，只感覺火辣辣地疼，看來華相真的是被我氣得不輕，才會出手這麼重。

我勾了勾嘴角，卻忍不住倒吸了口氣，可真疼啊。

我捂著臉開口：「看來我和父親是談不到一塊兒去了，不如等父親冷靜下來再想想我的話吧。父親若堅持要當這個丞相，那就請恕女兒不孝。」

說完我轉身便走，不理會身後華相的怒吼聲，還有華夫人的挽留。

為這個華府，我能做的都做了，能提醒的都提醒了，剩下的就看華相的選擇好了。

因為華相之女這個身分，我每日受到的揣測和惡意已經夠多了。

剛走了幾步，華深卻追了上來，他跟在我身後，猶豫了一下還是拉住了我。

「妹妹，妳剛才怎麼能那樣和父親頂嘴呢？看把父親氣的，妳還是回去和父親道個歉吧。」他拉著我的衣袖，小心翼翼地說。

「兄長也覺得是我做錯了嗎？」我停下，一動不動地開口。

華深支支吾吾半天也沒有說出什麼來，想起他方才在屋裡對我的維護之言，我心頭一軟，便拉住了他的手。

應是我許久不曾這樣親近他了，他看著有點不知所措，我鼻子微酸。

「兄長是想要每日戰戰兢兢的榮華富貴，還是想要安穩度日的百姓生活？」我看著他，目不轉睛。這個華府有一個人能支持我一下就好。

華深縮了縮頭，看我不依不饒，最終還是開口：「妹妹是否思慮過重了？有父親在，怕什麼？好好的，為什麼非要去過那種市井裡賤民的生活……」

我自嘲地笑了一下，華深還是習慣了這錦衣玉食、權勢滔天的官二代生活，不願做一個普普通通的人。

這整個華府，無人聽我的，也無人信我，讓我如何逆轉華府滿門抄斬、流放的結局？

我穿越到了華淺身上，就沒想過要獨善其身，所以每天都費盡心機，想最大限度地降低損失，保全所有人。

可是，以我一人之力，還是難以撐起來華府的整片天。我鬆開了華深的手，轉身繼續向外走，華深只是默默跟著送我，不再多言。

說不上是失望，若是最大的反派輕而易舉地就歸於正途，那未免也太過簡單了，不是所有的人和事都能僅憑幾句貼心話就扭轉，那種事情只會發生在童話裡。

出了華府，馬車旁邊的華戎舟一臉驚訝地看向我，想必我臉上已經腫起了一個手掌印。

我勉強擠出一抹微笑，開口：「回府吧。」

華戎舟點了點頭，沒有多問。

剛進晉王府，就迎面碰上了仲夜闌，他本欲裝作看不見，卻突然一頓，向我走來。

「誰打的？」他開口，語氣沒有半點起伏，像是問今天天氣怎麼樣。

「還能有誰？恐怕也沒幾個人能打我了吧？」我聳了聳肩，無奈地開口。

仲夜闌皺了皺眉頭，沒有言語，我因為臉疼，行了一禮便轉身想走。

卻聽到仲夜闌在身後開口：「妳如今的身分還是晉王妃，日後莫要讓旁人欺負到妳頭上，平白丟了晉王府的臉。」

我轉頭，仲夜闌卻躲開了我的視線，我笑了笑正想開口，眼角的餘光看到他身後不遠處出現了一個身影。

心思一轉，我走過去，伸開手抱住了他的腰，把頭靠近他的胸口處，頓時感覺他的身體僵硬得如同一塊鐵板。

「妳……這是做什麼？」他開口，卻沒有直接推開我。

我手未鬆，抬頭對上他的目光，燦爛地一笑：「讓王爺明白一些道理呀。」

他皺眉，我接著說：「因為此時……牧遙就在你身後。」

仲夜闌下意識地推開我，因用力太猛，我還踉蹌了幾步，險些跌倒。他回頭看，牧遙已經臉色蒼白地轉身離開了。

「妳——」仲夜闌瞪著我，雙眸滿是火光。

「所以啊，王爺你也看到了，我若是還留在晉王府……」我打斷了他的話。「那你心愛之人就永遠只能躲在身後，不能上位。」

仲夜闌繼續看著我，我還是微笑以對。他眼裡的火光漸漸滅了，然後轉身朝牧遙的方向追過去，不再理我。

我也不再笑了，畢竟一笑臉就是疼的，這個表情也太難受了。

「小姐，妳今日怎麼像隻……」千芷吞吞吐吐地開口。

「像隻刺蝟一樣？」我接住了她的話。

她點了點頭，我捂著臉，努力不牽扯到紅腫的地方。「我是用最簡單直接的辦法讓他明白這個道理，我若留在晉王府一天，他愛的人就不能光明正大地站在他身邊，我是在逼他做選擇呢。」

千芷擰了擰眉，沒有再說。這段時間在我的影響下，她終於也開始覺得我並不是非仲夜闌不可了。

轉頭對上了左邊華戎舟炯炯有神的目光，我拍了拍他的肩膀。「小朋友，可不要跟著我們學壞了啊。」

他頓時臉紅到脖子上去了，旁邊的千芷也是一副無語的模樣。

其實我這樣做還有一個原因，那就是處在脆弱之中的人最怕別人伸出手。為了掐滅自己不該有的幻想，我才會用這種方式推開一切的可能性。

22

臉上的掌印過了三、四日才消下去，華夫人一直給我來信，說讓我回去給華相賠個不是。

我只是將信放在一旁不理會。

無法改變他們的觀念，那我至少要讓他們知道我的態度，哪怕對他們有一絲影響也好。

算起來小說裡到此時，應該快要到男三伍朔漠出使的故事情節了，上次刺殺時，他蒙著面，所以應該只有女主知道他的容貌，如今他才能大搖大擺地做使臣出使。

對於這個射了我一箭的男子，我沒有半點興趣，終歸是我自己往箭上撞的，也不能怪他。而小說裡華淺察覺出伍朔漠對牧遙的心思，便私下找他求合作，讓他不擇手段地帶走牧遙。

伍朔漠一開始答應了，卻臨陣倒戈，讓華淺自食惡果。華淺最終徹底遭到仲夜闌的厭棄，只是礙於華相權勢才沒有當場休妻，於是接下來男女主就開始盡心盡力地要扳倒華相。

而華淺不甘於坐以待斃，便塞給下人一些錢逃出了晉王府，本想買凶伺機報復，卻誤信他人，被賣到勾欄之中，受盡凌辱。

最終……不提也罷。

所以我只要一不和伍朔漠結盟，二不買凶殺人，就不會落得同小說裡面一樣的結局。

打著這個主意，我連皇宮裡舉辦的伍朔漠接風宴都想稱病不參加，隨便他們幾個折騰去。

然而太后卻派人前來探望，我只得打消了避其鋒芒的念頭。

再次坐上了去皇宮的馬車。這次仲夜闌直接騎馬跟著，都不願和我同車了，所以馬車裡面只有我、千芷和牧遙。

仲夜闌如今正寵著她，自然走到哪兒都要帶著。

於是就形成了現在我們三個同坐一車的尷尬場面，不過牧遙也不願多理我，估計在想著如何進宮找靠山給牧家翻案——牧家雖然沒有被殺，只是流放，但終究是冤枉的。

先前牧遙可能牽絆於和仲夜闌的感情問題，沒有別的心思。現在他們的感情在我的推動下和和美美，估計她也該騰出手來收拾華相了。

我的三觀正在和我想活命這個想法激烈搏鬥，三觀告訴我華府罪有應得，可是我想活下去這個願望告訴我，那些事情本應該和我無關。

若是華相聽我一勸，能夠避其鋒芒辭官回鄉，便也幾乎等於流放，這勉強算是設計牧遙家人的後果。

人都是自私的，我又何嘗不想活命，說不定那樣就能逃過滿門抄斬的下場，可惜華相醉心於權勢且太過頑固。

想得我頭痛也分不清孰重孰輕，因此我也顧不上和牧遙搭話。馬車裡只有千芷比較專心——專心致志地怒視著牧遙。

到了皇宮後，我便老老實實跟在仲夜闌身邊，畢竟這種場合下，我還是晉王妃，他也不能太過疏離，只不過刻意和我保持距離，似乎怕我又突然撲上去抱他。

我不由得嗤之以鼻，真是自作多情，我也不是見誰都抱的好嗎？進入宴席，我們按各自的位置坐好，我正好看到斜對面是華相一家。

華深擠眉弄眼地衝我示意，我不由得一笑，也衝他點了點頭，眼角的餘光看到華相自顧自地飲著酒，似是完全沒看到我一樣。

這個老頭真是又固執又氣性大。

同時，我也注意到正對面坐著一位面目英俊的男子，他時不時地瞄向仲夜闌身後——牧遙所在的位置，而牧遙也一臉震驚地看著他。

我知道他應該就是男三伍朔漠了，小說裡牧遙一開始並不知道他的真實身分，所以現在才這麼吃驚。

忍不住觀察了一下他，生得英氣逼人，笑起來卻又痞中帶乖，真是經典的瑪麗蘇套路，女主身邊的男人就是個頂個地優秀。

應是察覺到了我的目光，他看向我，目光明顯地閃了閃，就趕緊轉開視線，拿起酒杯掩飾。或許他認出來，我就是當時為仲夜闌擋了那一箭的人，所以有點心虛吧。

說起來，他射中的又不是要害，若是我知道會推不動仲夜闌，會改成直接推開牧遙，裝裝樣子喊兩嗓子就好，終歸仲夜闌男主光環護體死不了，平白讓我受了這麼多罪。

不過片刻，皇上、太后還有戚貴妃就相攜而來，然後就是一系列客套而無聊的外交話語，我低頭做出一副賢良恭順的模樣，其實思緒早不知道飄到哪裡去了。

「把筷子給我放下來。」身邊坐著的仲夜闌突然開口，語氣帶著些許不耐煩。

我一愣，才反應過來，自己一發呆就喜歡拿著筷子擺弄吃的，盤子裡的糕點已經被我戳得支離破碎，看著著實不雅。

仲夜闌的臉色不太好。我只覺得他莫名其妙，我又沒有戳他的吃食，難不成因為我浪費糧食他才生氣？

心裡無語，再加上這宴會著實煩悶，我便開口要如廁，仲夜闌只當沒有聽見，我也就自顧自地離開。

皇宮太大，我不敢走遠，就隨便尋了處假山坐下透透氣，準備等宴會差不多結束了再回去。只是才坐了片刻，就聽到一道聲音傳過來：「晉王妃怎會一人在此？」

聲音聽著不怎麼耳熟，我偏了偏頭，不由得一愣：怎麼會是伍朔漠？

「大皇子又怎會在此？」我起身拍了拍衣角帶上的草屑，規規矩矩行了個禮。

伍朔漠看著我的動作，愣了一下才開口：「晉王妃和傳言中的似乎很是不同。」

傳言？牧遙說出來的傳言嗎？那肯定沒我什麼好話。

我笑而不語，就想尋個由頭離開，畢竟接近這個牧遙的狂熱粉，對於我可沒什麼好處。

可是他卻不想就此放過我。「以往聽傳言，晉王和王妃伉儷情深，讓人頗為羨慕，只是我方才看著，你們似是頗為冷淡呢。」

這個伍朔漠打什麼主意，也太自來熟了吧？小說裡可是華淺先找上他求合作的，現在怎麼變成他倒貼了？

「夫妻之間的事兒哪有那麼簡單，越是表現得濃情密意的夫妻，關係未必就越好，相敬如賓的夫妻才能長久，大皇子成婚之後就會明白這些道理了。」我淡笑回應，拿出自己已婚婦女的優勢來壓他。

伍朔漠也是笑了笑，隨後目露精光。「說起來成婚，我倒是有個心上人……」

你心上人和我有毛線關係？跟我說這幹啥？

「就是方才晉王身後的丫鬟，看著頗合我眼緣，就怕晉王不願放手啊。」

伍朔漠做出一副惋惜的模樣，卻是不停地留意我的神情。

這位兄弟能不能再明顯一點？就差沒直接對我說：「我看上了牧遙，妳成全了我，也是成全妳自己和仲夜闌。」

「那你問晉王去吧，我做不了他的主。」我根本不接招。

伍朔漠的驚愕連掩飾都掩飾不住了，畢竟在他打聽到的情報裡，我可是深愛仲夜闌又善妒的，沒道理對送上門的盟友不接受。

不過我可是知道和他結盟的下場是什麼，他臨陣倒戈倒是成全了他有情有義、拿得起放得下的人設，而華淺就沒那麼幸運了。

「王妃難道不明白我的意思嗎？我是說我們可以合作，各取所需，妳幫我……」

「咳咳咳……」

我的咳嗽聲打斷了他的話，迎著他皺眉不滿的表情，我故意做出一副虛弱的模樣：「大皇子請諒解，自從祭祖典禮上被不知何處來的賊人射了一箭後，我的身體就越發不好，一遇涼就止不住咳起來，我就先告辭了。」

伍朔漠臉色一下子變得異常尷尬，他以為我不知道是誰射的箭，但我就是故意說給他聽的，看他還有沒有臉繼續拉著我說。

然而我卻低估了他的臉皮厚度，剛轉身，他又一步邁到我面前，伸出長臂擋住了我的路：「晉王妃且慢……」

「滿朝都在為大皇子接風洗塵，大皇子怎麼撂下那麼多人獨自跑出來呢？」

一道明黃色身影從一旁的假山後一閃而出。

23

仲溪午雙手背於身後，長身玉立，言笑晏晏，看著真是翩翩公子模樣。

伍朔漠面色一僵又恢復如常：「陛下說笑了，我是喝多了酒頭痛，才出來吹吹風，現在正準備回去呢。」

伍朔漠看了我一眼，身子一頓後對我拱了拱手。「那我就先回席，晉王妃，咱們改日再談。」

這個臭不要臉的，當著皇帝的面說這種話，知不知道會給我惹來多大麻煩？本來仲溪午就一直猜忌我。

伍朔漠沒有半點害了人的自覺，行過禮後就轉身離開了。然後我就看到了一個名叫變臉的表演，仲溪午臉色肉眼可見地冷了幾分。

還別說，一直和煦的小太陽，突然冷起來也是挺嚇人的。不知道方才我們之間的話他有沒有聽到，看他不好的表情，定是聽到了，會不會以為我要害他的心上人？

糾結了片刻我還是先開口：「皇上，方才不是你想的那樣。」

我一開口，似乎看到他臉色好轉了一些，這麼好哄的嗎？

「那妳說說如何不是我想的那樣。」他開口回道。

「我並沒有想要針對牧遙……」我偷偷看他的表情，只見他眉頭一皺，我趕緊又解釋：「方才是伍朔漠先開口說他看上了牧遙，那只是他的事兒而已，我可從頭到尾都沒有說過要幫他，也沒有應承過要把牧遙給他，全是他一廂情願罷了。」

我毫不客氣地把伍朔漠出賣得一乾二淨。終歸他射了我一箭，方才又坑了我一把，那也別怪我不留情面，先把自己擇清就好。

「所以皇上直接找他興師問罪就對了。」

「我為何要問他的罪？」

仲溪午一本正經的話把我噎了一下，這個人還真是揣著明白裝糊塗。

我也就配合他的表演：「皇上請放心，我說過我日後只想與世無爭，就不會參與到這些紛爭之中。」

仲溪午的眉頭越皺越深，我也就行了個禮先行離開。

剛繞到假山後面，又迎面碰上了一個熟人——一身綠色羅裙的華美人。這可真是自己送上門來了。

華美人雖然之前失去了華相的支持，但是就她進宮以來積累的資本，讓她也沒那麼容易倒下去，而華相這段時間看我忤逆，對華美人的心思也死灰復燃，終究是個隱患。

想起還在假山後面的皇帝，我眼珠一轉，不如我來個一箭雙雕。

趁今天徹底斷了華相謀權的小心思，然後再賣皇帝一個人情，讓他不能再一直揪著我，懷疑我有不臣之心。

思及此，我給千芷使了個眼色，讓她攔住了華美人的去路。

「華美人行色匆匆的，這是準備去哪兒呀？」我刻意做出一副倨傲的模樣。

華美人這種女人我是很清楚的，攀高踩低、吃裡扒外，且極為小心眼，最見不得別人比她好。

我刻意撫了撫頭上之前華深送過來的價值連城的簪子，又撥了撥同樣千金難求的耳環，把「心機婊」演繹得繪聲繪色。

還好今天出門時聽千芷說參加皇宴不能太過樸素，才戴上了這些首飾。

華美人眼神裡果然閃過一絲妒恨，卻又裝出毫不在意的模樣。「聽奴才說皇上多飲了些酒，我便熬了些醒酒湯，晉王妃無事，還是不要擋路為好。」

華美人正欲繞過我，我卻又擋了過去，我們說了這幾句話也不見仲溪午走出來，看來他明白了我的意思，開始躲著看我打什麼主意了。

「華美人可真是會心疼人啊，只是皇上龍體金貴，哪裡喝得下這種鄙陋的東西？」我掩鼻做出嫌棄的模樣。

華美人果然一點就炸。「華淺，妳什麼意思？」

我做作地嗤笑一聲才開口：「堂姊還真是改不了這小家子的做派，都入宮當主子了，還是這般上不得檯面。」

我突然發現了自己的潛能，若是在現代，我完全可以考慮往演藝圈發展。因為我表演出來的惡毒刻薄形象……別說華美人了，我瞅著千芷看我的眼神都覺得她想打我。

「妳……」華美人正欲指著我的鼻子破口大罵，她身後手捧托盤的宮女拉了拉她的衣袖，小聲說道：「美人，我們還是趕快去送醒酒湯吧，再晚些這剛煮好的湯就要涼了。」

這丫頭倒是比主子還聰明，不過我打定主意要把華美人拉下來，一是送人情給仲溪午，順便讓他日後沒機會拿著華美人做筏子攻擊華府；二是華相已被我的忤逆氣得想重操舊業，若撿起她這顆棋子，那我之前的挑撥可不就白忙活了嘛。

於是我便等華美人路過我身邊之時，伸腿一絆……

看著她狼狽地跌倒在地，我心裡也生出了些負罪感，是不是有點太欺負人了？

不過負罪感一閃而過，我立刻就強迫自己狠下心來。我可不是那些有聖母心的女主，華美人這根牆頭草，日後可是會成為一顆定時炸彈。小說裡她也是華府滿門抄斬的推手，我還是防患於未然，先斷了她反水的後路。

「華淺，妳是不是瘋了？」華美人爬起來拍了拍自己衣服，對我怒目圓瞪。

千芷下意識地擋在我面前，我一抬手就把她撥到身後，我惹的人當然要我來負責。

「堂姊這話可就太傷人心了，難不成妳自己沒踩穩也要怪我？」我故意做出一副受傷的模樣。

「華淺，我和妳無冤無仇，為何妳要一直針對我？」看得出來，華美人忍耐不住了，不顧身旁宮女的拉扯開口：「先前我還多次為華相傳遞消息，妳卻恩將仇報！」

上鉤了。

「堂姊妳說什麼，我怎麼聽不懂呢？」我掩脣故作驚訝。

華美人被我激得越發口無遮攔：「妳少在這裡裝模作樣，若沒有我，華相怎麼可能在朝堂上步步高升？」

我嘆了口氣，開口：「堂姊說話越發可笑了，我父親一不參與黨爭，二不涉後宮，何來要妳相助？再說妳進宮也就一、兩年的時間，哪裡來的那麼大權勢？」

為了除掉這個華美人，我也只能先昧著良心說瞎話了。

「華淺，妳說妳是太愚蠢還是太自作聰明，妳以為華相甘做一名孤臣嗎？」華美人冷笑一聲回道。

我頗為不屑地扭過頭，回道：「父親的想法我可能不是全知曉，但還是比華美人清楚多了，若是父親貪戀權勢，這幾個月怎會對華美人多次派過去示好的人視而不見呢？」

華美人的臉色一白，她應該也不明白為何華相突然對她不理睬，但是她極好面子，還是嘴硬地說：「妳以為我非華相不可嗎？沒有他，我照樣能在這後宮混得出人頭地，妳等著瞧，早晚我坐上鳳位，讓妳跪著求我。」

嗯，志向還是挺遠大的，是不是不想當皇后的妃子就不是好妃子？不過有時候沒有自知之明就不太好了。

「哦？華美人何時還能左右朕的決定了？這鳳位是妳說要就能要的嗎？」仲溪午終於從假山後面走了出來，華美人臉色一下子變得如同一張紙一樣蒼白。

「華淺，妳……妳竟然……」華美人咬牙切齒地怒視我，估計明白過來我剛才為什麼一直針對她。

仲溪午卻搶在我前面開了口：「妳還沒回答朕的問題，區區一個美人，胃口倒是不小。」

好歹還是皇帝，平時溫和就算了，但是擺起架子來還是挺嚇人的，曾經我不是就被嚇得腿軟了嗎？

哎，說起來，我是什麼時候開始不怕他的？

華美人剛才和我說話時把自己的退路堵得嚴嚴實實，是她口口聲聲說不需要華相的，現在也不能再攀咬了。

想著計畫已大功告成，我就拿帕子拭了拭眼角不存在的淚水，開口：「還望皇上念在華氏一族的功勞上，莫要過分責罰美人，臣婦體弱不禁風力，就先行告退了。」

仲溪午看著我惺惺作態，眼裡滿是笑意，輕咳了一聲掩飾，再看華美人臉似乎都綠了，和她的衣服一個色。

我心裡嘆了口氣，華美人並沒有做出什麼實際的出格之舉，仲溪午應是只會將她打入冷宮，那我日後就安排些人多多照料她一下，再給她送些銀兩。後宮裡面也是有錢就好辦事，終歸此次是我主動設計她的。

剛轉身，就聽到一聲怒喊和兩聲驚呼。

「華淺，妳這個賤人！」

「王妃！」

「皇上！」手腕突然被人死死握住，一個轉身我就被人扯入懷中，抱得嚴絲合縫。

一隻手掌按住我的後頸，讓我抬不起頭來，滿面的墨香撲鼻而來。與此同時，還有陶瓷砸到人身上之後摔碎的聲音——是那剛煮好的醒酒湯。

第七章

一個人的努力只是徒勞

24

這一刻我突然有點理解仲夜闌的心情了，就是那種偏偏被自己不喜歡的人救了的感覺……真是一言難盡。

迫於恩情，不能再理直氣壯地怨他之前所行之事了。

仲溪午鬆了手我才抬起頭，他仍是一派溫和淡定，只是嘴唇似乎白了幾分。

與此同時，我還看到他的右肩頭正在冒熱氣。

這醒酒湯這麼燙的嗎？

高公公匆忙走了過來，抖著嘴唇說：「皇……皇上……」

仲溪午面色未變，看向一旁失魂落魄的華美人。她似乎連求饒都忘了，身邊的宮女倒是機靈，不住地磕頭。

若說之前她還有一分的翻身機會，現在恐怕就是完全落入死局了，想害我卻誤傷了龍體。

「皇上，你竟……竟會……」華美人彷彿大夢初醒一般，難以置信卻又帶著幾分嘲諷開口。

仲溪午眉頭一皺，對身邊的高公公說：「高禹，趕緊把她們兩個帶下去關起來，嘴堵嚴實了。」

於是其他小太監一窩蜂地衝過去，連拉帶拽地把華美人和她的宮女帶走了。華美人似乎有話要說，但因嘴被死死捂著，只能滿眼憤恨地看著我。

這個場景讓我不由得生出了幾分悲涼之意，這後宮之人的生死，還真是全在皇帝的一念之間。

片刻後，假山處就只剩我、仲溪午、高公公和千芷四人。

仲溪午半邊身子都被打溼，高公公像是找回了理智，終於開口：「皇上不如先就近找個宮殿暫避，老奴趕緊去尋件新衣衫。」

仲溪午點頭應下，高公公就匆匆離開了，他也知此事知道的人越少越好，最好親自去。

仲溪午也轉身走了，只是剛走幾步就回頭對我說：「還不跟上？」

雖然有點不情願，但人家好歹也是為護我才落得這麼狼狽，我也不好推脫，乖乖地跟了過去。

找了一處無人的宮殿，仲溪午推門便進去了。我剛邁進去一隻腳，就聽到仲溪午開口：「讓妳的丫鬟在外面守著，等下高公公過來直接引路。」

我的另一隻腳懸在半空中。

孤男寡女，共處一室，越想越不合適。

我就把腳縮回來開口：「那我也不進去了吧，這樣於禮不合。」

仲溪午並未有其他反應，只是笑咪咪地說：「妳我不言，會有誰知道？或者妳想讓別人知道，我是因為妳落到現在的模樣？」

這人真是過分，我們兩個身分敏感，旁人若得知此事，對我們兩人都不利。

正在權衡之時，仲溪午突然朝我拋過來一個小東西，我下意識地接著，是一個小瓷瓶。

「這是什麼？」

「藥膏。」仲溪午開口：「因妳受的傷，妳來幫我塗藥，我搆不到後背。」

……

這還真是給我找了個沒辦法拒絕的理由。

我磨磨蹭蹭地抬步邁了進去，一抬頭，就嚇了一跳：「你在幹什麼？」

剛解開腰帶的仲溪午一臉無辜地看著我。「脫衣服呀。」

「你、你……你……」結巴了半天，我也說不出來「你穿著衣服上藥」這種話。

我最終還是忍不住低著頭開口：「要不，我讓千芷進來給你上藥？」

脫衣服的聲音一頓，然後仲溪午說道：「妳以為龍體是誰都能看的嗎？」

我……你以為誰都希罕看你？

「那等高公公回來給你上藥吧？」我還是垂死掙扎。

仲溪午的聲音依然顯得漫不經心：「妳是想讓我疼暈過去嗎？」

「哪有那麼誇張……」我忍不住抬頭反駁，卻不由得一愣，說不出來話來。

只見他上衣已經褪到腰際，背對著我，後背上兩個巴掌大小的紅色痕跡，頗為顯眼。

忍不住上前一步，才發現那片紅色是燙傷的痕跡，因為我看到上面……起著指甲蓋大小的七、八個水泡。

竟然真的這麼嚴重？

「華美人用的是什麼瓷器？」我忍不住開口問。

仲溪午側過頭，目露不解：「怎麼想起來問這個了？」

「保溫效果怎麼這麼好？」我下意識地嘀咕。

方才華美人的宮女已端了半天，沒想到還這麼燙，肯定是仲溪午太細皮嫩肉了，禁不起燙。

看到仲溪午明顯無奈的半張臉，我才反應過來剛才說了什麼。

不等我開口掩飾，他又說：「妳是不是又覺得我太嬌貴了？」
這皇室的人都會讀心術嗎？
仲溪午動了動，似乎想轉過身來面對我說話，我趕緊上前幾步按住他的肩頭。
「皇上別動，我現在給你上藥。」
這位大哥，你可是沒穿上衣啊，背面我已經很尷尬了，你還想轉過來嗎？
不過我是在現代社會生活過的，所以這種看著曖昧無比的場景，我還能勉強接受。
只是他仲溪午可是一個古人啊，這種封建制度下，他是怎麼想的？在自己皇嫂面前裸著上身。
難不成這就是傳說中的——長嫂如母？心裡胡思亂想，手上卻不敢懈怠，拔掉小瓷瓶的塞子，我蘸了一些到指尖。
感覺此時氣氛似乎有點尷尬，我就沒話找話說：「皇上怎會隨身帶著燙傷藥膏？」
「這不是燙傷藥膏，是鎮痛的，先湊合著用。」仲溪午身子未動，回我道。
我皺了皺眉，這隨身帶著鎮痛的藥膏也不太合常理吧。
「皇宮之事瞬息萬變，有時還需防患於未然。」仲溪午像後腦杓長了眼睛一樣，主動解開了我心裡的疑問，不過他為什麼給我擺出這種推心置腹的模樣？真把我當自己人了嗎？

手腳俐落地給他背後燙傷處塗上了藥膏，我退後幾步開口：「皇上請更衣吧。」半天沒有回應，我忍不住抬頭看了一下，正好看到仲溪午側著頭好笑地看著我，說：「我的衣服高禹還沒有拿過來。」

「那我去外面等高公公吧。」我迫不及待地想出去。

「華淺。」仲溪午聲音響起，我認命地停下腳步，就知道他不會這麼容易放我離開。

「方才在假山後面，妳口口聲聲說的……牧遙，是什麼意思？」

「牧遙太過出色，所以伍朔漠也心懷不軌，我好心提醒皇上罷了。」我毫不心虛地又開始栽贓。

仲溪午目光跳了跳，沉吟片刻後開口：「妳為何……怎麼知道的？」

我沒留意他的語病，迎上他的目光，開口：「因為愛一個人的眼神是藏不住的，皇上看我和牧遙的目光可是截然不同，我是女子，自然心細。」

說完之後我暗自檢討，我現在是在挑撥這幾個男人早日為牧遙開戰嗎？

我看向仲溪午，他頭轉了回去，看不到表情，片刻後又轉過身來……嚇得我也趕緊轉身，非禮勿視啊。

他的聲音帶著滿滿的笑意：「我看她的眼神，當然和看妳不同。」

我謝謝你再次告訴我這個事實。這麼想著，正好聽到高公公的聲音傳過來：「皇上可在裡面？」

「在這裡，在這裡。」我趕忙回答，正欲藉此脫身，心裡想了想又停下來，背對著仲溪午開口：「方才多謝皇上相救，華美人一事就算是我送給皇上的回禮，皇上日後可以不必懷疑華府有不臣之心，一個心懷不軌的人，總不至於自己毀了退路。」

說完後，我就逕直走向門口，畢竟除去華美人明明是為了華氏，我卻厚著臉皮把此事說成是為他考慮，所以還是趕緊跑，免得他反應過來。

我拉著門，剛開了一條縫隙，斜插過來的一條線條分明的手臂把門按了回去。嚇得我不由得一抖，這人走路怎麼沒有聲音啊？

聲音從耳後傳過來：「究竟要我說幾次，妳才會相信我不會再揣測妳？」

「我不是不相信……」我無奈地轉過頭想回答，然而映入眼簾的卻是一片精瘦勻稱的胸膛。

裸的！

這個皇帝是暴露狂嗎？驚慌之下，我快速把頭轉回來，然而速度太快沒控制住，我「砰」的一下一頭撞到了門上。
按在門上的那條手臂放下了，然後我就聽到了毫不掩飾的嘲笑聲，笑得我的臉熱一陣冷一陣。
乾脆眼一閉心一橫，直接拉開門快速向外走去，千芷小跑跟在我身後，高公公則是一臉茫然地拿著托盤站在門口。

25

回到了宴席之上，我老實地坐了回去，仲夜闌看到我的額頭似乎愣了一下，張了張嘴卻又轉頭不再看我。
上次問我臉上的巴掌印，被我設計了一道，現在估計他也不敢再輕易招惹我了。
一盞茶的工夫後，仲溪午緩緩而來。步伐矯健，目不斜視，和席上之人繼續談笑風生，沒有絲毫色變。
我不由得吸了口氣，自己也說不出是什麼感覺，燙傷的滋味我可清楚得很。
上學時一次打熱水被人從身後撞了一下，水直接澆到了整個手背上，半個手掌當場就起了水泡。因為是冬天，所以每隔半個小時就沾一沾冷水，才能減輕一些灼痛。

我當時燙傷的是手，還能晾著，不碰就好一些，而仲溪午燙傷的是背，行走之間衣服無時不在摩擦著燙傷的水泡，那滋味……

我應是小瞧了他，他雖是嬌貴的真龍天子，但忍耐力是極強的。

眼見宴席接近了尾聲，伍朔漠突然開了口：「都說這京城人傑地靈，我今天可算是長見識了，不知我能不能厚著臉皮向陛下討個人？」

仲溪午仍是笑意淺淺：「大皇子此話就太客套了，不知何人能入了你的眼呢？」

伍朔漠站起來先拱手行了一禮：「陛下厚道，我也不會空手套白狼，若是能得此人，我願將邊境五座城池拱手送上。」

宴席突然安靜下來，官員們相互交換眼色，這出手可真是闊綽，不知究竟什麼人這麼有價值。

我端起面前的茶盞輕啜一口，再看看牧遙漸漸變白的臉色，心裡不由得感嘆——果然是紅顏多禍水，古人誠不欺我。

仲溪午並未露出驚訝或是高興的情緒，仍是目光無波地問：「大皇子可否告知究竟是何人這般重要？」

你就裝吧，我明明都告訴你了，是牧遙，你還裝。

「此人在別人眼裡或許無足輕重，在我心裡卻是萬物難以企及。」伍朔漠說得極為真誠，然後頭一轉，抬手指了過來。「就是……晉王府的一個丫鬟。」

其他官員看到只是個丫鬟，明顯鬆了口氣，估計他們之前還以為伍朔漠準備獅子大開口，想要一個豪門貴女。區區一個丫鬟換五座城池，在他們看來簡直是太划算了。

唯有仲夜闌臉色越來越黑，我忍不住盯著他看了起來，馬上要上演開搶大戲了，我莫名地激動。

眼角餘光瞥到了坐在上位的仲溪午，他也是面無表情，沒了笑容，不過為什麼他看的人是……我？我就是看看仲夜闌的反應，沒有做其他惹人懷疑的動作呀？

只見仲夜闌重重地放下手裡的茶盞，臉上像是結了寒冰。「晉王府的人可不是別人說要就能要的。」

伍朔漠並未退縮，他勾起半邊嘴角開口：「一個丫鬟而已，晉王是不是太過小氣了？」

仲夜闌微抬起下巴，目光掃過宴席上臉色各異的人，然後雙目似箭地射向伍朔漠，輕啟薄唇開口：「誰說她是丫鬟了？她是……我的女人。」

聽到這句話的我不由得抖了一抖，強忍住自己想伸手撓桌子的衝動，簡直是又肉麻又尷尬！

看小說也沒這種感覺，為啥親耳聽到之後，恨不得上去抽說話的人兩耳光呢？簡直油膩做作到令人髮指，就不能好好說話嗎？

然而看到牧遙深受感動的目光，我深吸了口氣冷靜下來，人家當事人可是一個願打一個願挨，只可憐我這個旁觀者起了一身雞皮疙瘩。

「你的女人？呵——」伍朔漠再次挑眉開口：「那你身邊坐的又是誰？」

注意到大家齊刷刷地看向我，我才反應過來是在說我，這伍朔漠挑撥得也太明顯了吧？

正當我糾結要不要藉此機會蹦出來，說我善妒容不下牧遙，然後鬧離婚時，有人比我先蹦出來了，是華相。

「晉王此話何意？老臣不明白。」華相一副為我出頭的模樣，也就我清楚他是怕動搖他的位置。

仲夜闌掃了我一眼，又看向華相，目光深沉：「華相也太過激動了吧，男子三妻四妾有何不可？阿淺身為王妃向來大度，華相又何必多言？」

一番話帶著警告，華相應該也聽懂了，遂甩手坐下，臨了還狠狠地瞪了我一眼，似乎在怪我不成器。

這個沒事兒找事兒的老頭，他可別忘了華淺曾做過的種種好事。

伍朔漠見此也就不再糾纏下去，舉了杯酒告罪。仲夜闌一飲而盡，算是和解。

然後我就看到伍朔漠看我的眼神頗有一種「同是天涯淪落人」的感覺，估計又想拉我合作了，我只當看不見。

宴席結束，眾人紛紛散去，經過我身邊時眼神各異，有帶著同情的，也有幸災樂禍的。

我心思一轉，做出一副黯然神傷的模樣。

如果不能操之過急地直接和離，那我就來演繹一個被傷透了心的妻子，這樣就算是日後我再開口提走，旁人看來也不會是我之過。

仲夜闌看到我的表演，眉頭皺了皺後直接離開了，牧遙也跟著他一起，估計兩個人又不知道要去哪兒敞開心扉了。

見身邊沒了人，我也就大搖大擺地上了馬車，少了一個人，這馬車也感覺沒那麼擠了。

自從洗塵宴上仲夜闌放出那一番驚人的話之後，伍朔漠就隔三岔五地給我遞來拜帖，看來是一門心思想和我交流一下如何搶人。

他出使的時間也就一個月左右，也難怪他著急，而我屢次拒絕，不理不睬，在我的院子裡足不出戶，和丫鬟們聊天。大不了躲他一個月就是，他總不能闖進晉王府吧？

於是每天晒晒太陽，和丫鬟聊聊，也知道了不少府裡下人之間的趣聞。

「王妃，昨日練武場比武，華侍衛可是出盡了鋒頭，那些老府兵都敗下陣來。」翠竹這丫頭三句話不離華戎舟，看她自豪的模樣，頗像是討論自己的男朋友。

我也就配合她的表演，驚訝地開口：「這麼厲害嗎？他不是才進王府大半年嗎？」

「王妃有所不知，連王爺都誇過他，說是跟著南風侍衛學了幾招後，便能與南侍衛打個平手了。當初我第一次見到他，就覺得他一定不同凡響。」翠竹一臉崇拜地回道，活脫脫一個迷妹。

一旁的千芷不屑地哼了一聲：「那是南風侍衛讓著他呢，妳一個未出閣的丫鬟說這些話也不害臊。」

雖然我不曾留意過南風的身手，但是作為仲夜闌身邊的第一侍衛，功夫應該也是不錯的。

這個華戎舟倒是有點出乎意料，看著性子也不錯，或許我日後可以考慮考慮，看看能不能收服過來。終歸這個時代女子出門，身邊總得有個會武功又忠心的侍衛才安全。

眼看著千芷和翠竹又要掐起來，正好瞧見華戎舟的身影從院子口路過，我便提高聲音喊了聲：「華戎舟，你過來。」

翠竹看到自己的心上人來了，頓時安靜下來。華戎舟應是剛從練武場回來，身著短裝，額頭還帶著汗漬。

他踏入院子，好像很開心，我便跟他套起了交情：「是遇見了什麼好事嗎？看你心情不錯。」

華戎舟行了個禮後才開口：「王妃終於記住了屬下的名字。」

我這個人記憶力還不錯，好像沒有忘記過他的名字吧？看著翠竹有點不開心地嘟著嘴，我也就不探討這個話題了。

「方才聽翠竹說你比武時和南風打成了平手？」我開口問道。

華戎舟垂著頭，沒有半點自傲。「是南風侍衛並未使出全力，不然屬下無法在他手下過十招。」

不錯，天賦異稟還懂進退，不因一時出頭而得意忘形，我暗自點了點頭，此人可堪大用。

想到這裡，我就看向一旁的翠竹，帶著幾分戲謔開口：「翠竹的眼光果然不錯。」

「王妃……」翠竹一跺腳，漲紅著臉跑屋裡去了。

丫鬟們見此都偷笑了起來，我看著翠竹落荒而逃的背影也忍不住笑了起來。這丫頭真是，喜歡一個人就得讓人知道啊，不然人家為什麼會來喜歡妳呢？

回頭卻對上了華戎舟棕色的眼眸，他眸中像是起了一層薄霧，生生地和這一院子的歡聲笑語隔離開。

我不由得笑容一滯，心裡莫名地突了一下。

26

「王妃，宮裡傳來口信，說是太后娘娘許久不曾見妳，宣人召妳入宮。」府上的小廝稟告道。

我忍不住嘆了口氣，眼見已經在晉王府躲了近二十天，這伍朔漠能停留的時間也越來越短，結果我又得出府；太后可是個大靠山，這條大腿我可不敢得罪。

收拾了片刻，我便啟程了。

太后宮裡難得出乎意料地冷清，要麼是我趕上了人少的時候，要麼就是……故意支開別人在等我。

規規矩矩行了個禮後，我才落座，太后笑得不見絲毫異樣：「聽說這幾日妳都在晉王府足不出戶？」

我點頭應和，太后繼續說道：「這可不行，妳現在都是晉王妃了，平時應該多出來走動走動，這一府主母可不能拘於後院，要與其他府裡的夫人多多交際才是。」

我笑了笑回應：「臣妾記下了。」

看我明顯不放在心上的模樣，太后又皺眉開口：「妳別不當回事兒，前些時日接風宴上蘭兒鬧出那種動靜，妳也該留個心了。夫妻過日子，什麼感情、恩情都會慢慢淡去的，把屬於妳的權力牢牢握在手中才是長久。」

我一愣，太后嚴肅的面容、真真切切的教導，一瞬間有點像華夫人。

後宮最忌心思外露，可太后歷經無數宮鬥後，還能這麼露骨地對我坦承想法，看來是真的將我當成自己人了。

鼻子一酸，若是我真的心繫仲夜闌，說不定我會認真地聽從她的話。正在我糾結著要不要賭一把說出我的心思，看看太后會不會站在我這邊時，太后又開了口：

「那日的丫鬟是叫牧遙吧？她……妳要如何處置？」

我猶豫了一下，現在風險太大，還是不敢輕易賭。「王爺喜歡，那我當然是要順他的心意。」

太后嘆了口氣，語氣加重了幾分：「這晉王府妳也該好好管管了，要不然隨便一個丫鬟都敢爬主子的床了。」

「牧遙不是那樣的人。」我下意識地開口。

牧遙的女主光環我可是知道的，以太后的性情，日後兩人一接觸，太后定然不會討厭她，所以我現在還是多為她說些話，免得她以為我曾在太后面前給她上眼藥。

迎著太后不贊同的目光，我還是開口：「太后娘娘還不知情，但是據我所知，牧遙從未主動勾引過王爺，日後有機會母后和牧遙見上一面，就不會有現在這種想法了。」

太后雖不再說牧遙，但還是略帶驚訝地開口：「妳現在的性子，怎麼變得如此……綿軟？」

這不是綿軟好欺負，只是已知結局，不願去爭罷了。

見我低頭不語，太后以為我是在委屈，又開口：「妳之前為蘭兒差點丟了性命，他這次也是太沒有分寸了，妳可是他風風光光娶進來的，於情於理他都不該這樣，若妳不好開口，我便去提點他一下。」

「母后。」我抬起頭，勾了勾嘴角。「我是如何嫁給王爺的，您不是也清楚嗎？」

太后雖然知道華淺嫁給仲夜闌的真相，只是見之前的仲夜闌一意孤行，也就從未開口說過，卻不想現在被我這般直白地說出來，她臉上也染上了幾分尷尬的神色。

「妳這孩子別顧左右而言他，我和妳說的是那個丫鬟的事。」

我目光炯炯地回覆：「母后，我想討個旨意。」

「何事？」太后眯了眯眼。

「想請母后下旨封牧遙為晉王……側妃。」

太后盯著我問：「妳此話可是真心？」

我毫不閃躲地回道：「是的。」

僵持許久，終究是太后服了軟：「那我便順了妳的心意，晚些時候我跟皇上說一聲，明日派個公公去宣旨。」

「多謝母后。」我起來跪下行禮，帶著真情實意。

太后雖不知我打的什麼主意，但還是願意如我所願，看來這些時日我的努力沒有白費，太后對我終於是少了許多猜忌。

離開了皇宮，不過剛行駛一刻鐘，就聽到一道熟悉的聲音攔車：「前面的可是晉王妃？」

果然還是躲不過，這個伍朔漠也太過執著了吧。

攔下正欲趕人的華戎舟，我挑開車簾，對著車外馬匹上的伍朔漠開口：「不知大皇子有何貴幹？」

伍朔漠騎馬又走近了幾步，開口：「晉王妃可是好生忙碌，我都遞了數次拜帖，也不見王妃應約。」

「大皇子說笑了，我只是一介後院婦人，和大皇子相約於理不合，大皇子有事可直接去尋晉王。」我不卑不亢地回答，說罷就放下車簾，不欲和他多言。

孰料他卻伸手拉住了車簾，俯身靠近了些開口：「妳我自然是有話說的，比如聊聊晉王府的那個……丫鬟。」

這個伍朔漠也太執著了吧，他憑什麼認定我一定會和他合作，就因為之前華淺與牧遙有過節嗎？

「我不懂大皇子的意思，哪個丫鬟？」我故意裝糊塗。

伍朔漠歪了歪頭，絲毫不在意我的冷漠，挑了挑眉開口：「牧遙。」

「原來皇子說的是她呀。」我做出一副恍然大悟的模樣。「大皇子還不知道吧，下個月她就要成為晉王府的……側妃了。」

看著伍朔漠陡然變得暗沉的臉，我還是笑意盈盈。

「王妃可真是大度。」伍朔漠開口，帶著濃濃的嘲諷。

我也被他激出了幾分氣性。

不合作就翻臉，這是什麼人呀！

「大皇子與其在我這裡浪費時間和心機，不如多放些注意力在別人身上，畢竟選擇權可是在……她手裡，若是她心裡有你，又怎會讓你獨自費盡心思？」

伍朔漠瞳孔一縮：「妳知道什麼！」

他和牧遙一直都是私下偷偷來往的，所以只當他人都不知曉他們之間的事情。

「不是大皇子在洗塵宴上開口討要牧遙的嗎？若真的對她上了心，就該問問她的心意，不然一個人再怎麼努力都是徒勞。」我半真半假地提議。

伍朔漠還在發愣之時，我又開口：「大皇子不妨認真想想我的話，若是下個月還在京城，歡迎你到時候來參加晉王府的婚宴，今日我先行告辭了。」

伸手拉下伍朔漠手中的車簾，我低聲對華戎舟說：「走吧。」

華戎舟點頭應和，揚起了馬鞭，伍朔漠這次沒有再伸手阻攔。

我倒是真希望他能早日明白這個道理，愛情裡，一個人的努力只是無用功罷了，他只是個男三，所以早日清醒，也能早日脫離苦海。

第二日，宮裡果然來了人宣旨。

宣旨的公公前腳離開，仲夜闌就回頭看向我。

我昨日進了宮，今天就來了旨意，顯而易見這和我有關，不過我也壓根沒想過瞞他。

「妳這是什麼意思？」仲夜闌看著我，目光存疑。

我毫不畏懼地抬頭迎上：「順王爺的心意罷了，王爺怎麼還不滿意呢？」

我覺得我此時笑得定是如同一個反派，所以仲夜闌才一瞬間雙目噴火。

「妳知不知道妳自己在做什麼？」他伸手緊緊捏住我的手腕，把我扯到他身邊，瞪著我開口。

「王爺可是覺得側妃的位置委屈了牧遙？」我仍是做出一副大度知禮的模樣。

「那不如……我這個王妃的位置讓給她來坐？」

27

仲夜闌終究甩開了我的手，力氣之大讓我差點摔了一跤，還好千芷及時地扶住了我。

他轉身離開，似是不願多看我一眼。

既然所有的真相都已經明瞭，也不見他休棄我，那我就不必偽裝端莊賢淑了。

我和牧遙絕不可能共侍一夫，而我把牧遙封為側妃，是把所有問題都抬到了明面上，看看他仲夜闌能忍我到幾時。

他走後，牧遙手握聖旨看著我開口：「這當真是妳所為？」

「不然還能有誰呢？」我聳了聳肩回她。

牧遙沉默了片刻，看我的目光仍是冷意不減。「妳是覺得給一個側妃的身分，日後就好壓制我了嗎？」

「牧遙，妳一向聰明，怎麼現在糊塗起來了呢？」我笑著回道：「妳覺得丫鬟和側妃，哪個更好欺負？」

牧遙皺了皺眉頭，她也明白和側妃相比，丫鬟更是沒有地位，只是她還是不願相信我是為她好。

「我知道妳不信我，但是此時的我是真的無意和妳相爭，不然怎會拱手相讓？妳可以對我保持戒心，我無所謂，反正日久見人心。」

說完，我也不再浪費口舌，轉身回院子。

此時我和牧遙的交際還是越少越好，她有女主光環護體，接近她對我來說準沒好事。

回了院子，我就開始籌備下個月的側妃婚宴，這次我不僅要大辦特辦，還要辦得風光，給自己塑造一個好形象。

忙了幾日，定下了宴席規格和邀請名單，華深卻是上門來尋我了。

這些時日仲夜闌並未再下令攔華府之人，因此華深倒是可以自由出入。

「妹妹可是在準備下個月側妃的宴席？剛才在路上我還碰見了那丫鬟，說了幾句話我才認了出來，她不就是我之前看到的從晉王書房出來的人嗎？早跟妳說了，妳卻不聽，現在人家都上位了。」

看著明明沒什麼事還東扯西扯賴在我這裡不走的華深，我皺了皺眉頭，沒接他的話茬，開口：「兄長又惹什麼事兒了？」

華深尷尬地笑了笑，開口：「沒事，沒事，我就是想妳了，來看看。」

我不理會他的說辭，端起茶杯吹了吹浮沫才開口：「兄長若是無事，怎麼躲到我這裡？說吧，你又做什麼讓父親生氣的事了？」

「妹妹果然聰慧，什麼事兒都瞞不了妳。」華深的胖臉上擠出一抹強笑。

見我不語，他低頭小心地說道：「也不是什麼大不了的事，就是給人送了個侍妾。」

我皺了皺眉，這算什麼事兒，於是我重重地擱下茶杯開口：「你還不說實話嗎？若是只為此事，你何必躲到我這裡？」

華深畏懼地縮了縮腦袋，才討好地對我說：「那我說了，妹妹記得在父母面前替我說上幾句好話，妳的話父母一向都能聽進去。」

「你先說，我再酌情處理。」我並不著急應承。

「其實真的不算什麼大事，就是前幾日有個朋友看上了我院子裡的一個侍妾，我便送給了他，沒想到……那丫頭性子烈，直接在華府門口自盡了。我本來都瞞下來了，後來也不知是哪個賤婢傳出去的，害得我這幾日都不敢回府。」華深詳細道來，語氣似乎還格外惱火。

我心頭如同剛吞下了一團烈火，灼得我五臟生煙。

更讓我生氣的是，他憑什麼認為此事我會護著他？就因為我這些時日對他的態度好轉了嗎？

「出去。」我努力控制住自己的脾氣開口。

「妹妹……」華深刻意放軟口氣哀求著。

我終於忍不了壓抑在胸口的那團火：「華深，我本以為你後院那一堆女人都是你情我願想攀附權貴，所以我才從不插手你後院之事，現在看來是我錯了。」

看著華深明顯不解的胖臉，我如同一座噴發的火山：「華戎舟，你帶著華深回華府……」

開了口我就覺得有點不妥，華戎舟只是我身邊一個府兵，他去華府說不定會受欺負，於是我又轉了話頭：「算了，你幫我把南風請過來。」

華戎舟抿了抿脣，拱手下去了。不過一刻鐘，南風就過來了，華深此時顯得有些坐立不安了。

看南風行過禮後，我才開口：「南侍衛，今日麻煩你一件事，算是我欠你一個人情。」

南風忙拱手行禮：「王妃不必如此，屬下本就是王府的人，王妃有事直說便是。」

「好，你帶些人去趟華府，我把王妃權杖交給你。你就說是我的吩咐，我兄長後院的女人，若有人願意離開，就直接帶回來，我會給她們一筆足夠令後半生無憂的安置費。」我抬手示意千芷把權杖拿過來。

南風是仲夜闌的人，料想華相也不敢輕易阻攔。

華深慌了神，站起來阻攔：「妹妹妳這是做什麼呀？」

「兄長是覺得自己無錯嗎？一條人命對你來說是不是根本不值一提？」我的手已經握拳。

「只是個奴婢罷了，當初買了她進來，她的命就是華府的，是她自己想不開，關我什麼事兒？」華深惱怒地坐了回去，背過身不看我。

這就是這個時代的特徵，人命不值錢，尤其是奴婢的命。害人不需償命，只因被害人身分低微，無人會去追究，所以便都覺得理所應當。

我感覺自己再開口時聲音都是抖的，不知是被氣的還是太難過：「她只是一個奴婢？可奴婢也是人，她也有自己的親人。若是我遇到這種事兒，兄長可會說是我活該？將心比心，那丫鬟的家人又會怎樣心痛？」

華深垂著頭，似是有了幾分心虛，卻還是小聲說：「那丫鬟是罪籍，一個孤兒罷了，沒有家人……」

我覺得沒辦法再和他說下去了，就對南風開口：「勞煩南侍衛了，順便把我兄長押回去，告訴我父親，這次如果他再不管教自己的兒子，我就動手替他管教。」
南侍衛猶豫了一下，便應下了。
華深卻是不服氣地還想爭辯，我狠狠地瞪了過去：「你該慶幸你的身分是我兄長，不然此時你根本不能完好地站在這裡。」
南風帶走了華深，我跌坐回座椅。華淺的這個姓氏，真是永遠都不可能平靜啊。
南風回來時真的帶了四個女人，我便讓千芷給她們每個人一筆盤纏，然後派人保護她們離開。
她們離開後，我就一個人呆呆地坐在院子裡。難得有人有骨氣願意離開，畢竟這裡都講究嫁雞隨雞，嫁狗隨狗，所以女子一般跟了別人就是一輩子，也不管那人如何，只是想著將就過。
所以我想和離的想法才會顯得頗為出格。
或許是看我心情不好，銀杏湊了過來，小聲說：「王妃，王府後院的桃花開了，王妃要不要去散散心？」

看著銀杏明顯為我好的模樣，我也不好拂了她的意，便隨她一起出了院子。華戎舟見此趕緊跟著，我也沒有多言。

到了桃花林，卻見有人已經捷足先登。

仲夜闌和牧遙如同一對璧人一般立於桃花林，我腳下一停，對上銀杏不安的眼眸說：「算了，我們還是回去吧。」

銀杏吶吶地低頭應和，我們便轉身離開。

回去的氣氛太沉悶，我就沒話找話說：「華戎舟，你是不是長高了？去年你剛進府時似乎還和我差不多，現在看上去都要比我高一些了。」

銀杏先開了口：「華侍衛正是長身體的時候，日後定是還要長上許多呢。」

華戎舟垂頭不語，我就笑著接話：「不過華侍衛這張臉看著還是稚氣未脫，身子那麼瘦，臉上還帶著嬰兒肥，如此更是顯得年齡小。」

銀杏應是沒聽懂什麼是嬰兒肥，繼續說道：「王妃是喜歡嬰兒嗎？」

「嗯，也算是吧。」我點了點頭。「小孩子的臉都是肉嘟嘟的，看著就非常可口，讓人忍不住想咬一口。」

這也是我的毛病，看到嬰兒圓嘟嘟的小臉，就想上去捏一番，有時候喜歡得不得了，還會忍不住想咬上一口，不過當然不是用力地咬。

話說出口感覺有點不妥當，看到華戎舟瞪圓的雙眸，我趕緊補充：「放心，我是不會咬你的。」

這次華戎舟表情徹底懵了，一旁的銀杏忍不住笑出了聲，氣氛也沒那麼沉悶了。

我發現，是不是這段時間日子過得太舒心，我越發口無遮攔，有些話不經大腦就說了出來。

華深之事算是給我敲了個警鐘，原來我應受的磨難遠沒有那麼簡單，所以日後我還需注意謹言慎行才好。

第八章

反派之所以是反派

28

再次見到華深，是在牧遙封側妃的宴席上。

他看著人瘦了一圈，這次華相應是下了狠心收拾他。不過那又怎樣，那個無辜的丫鬟終究是香消玉殞了。

我不欲多理他，他反而沒有記性地又貼了過來，見此我便再次開口警告：「今日出席的人都身分貴重，你給我管好自己，莫要再給我惹出什麼事兒來。」

華深唯唯諾諾地回道：「妹妹放心，我還是分得清輕急緩重的。」

這意思是今日他不會胡鬧，但日後在平常場合，他還是改不了自己的臭脾性嗎？

我忍不住翻了個白眼，不再看他一眼，真是懶得搭理他了。

仲溪午今天也出席了，其他人都面露不解，覺得迎娶一個側妃而已，怎麼皇上也來了？

只有我心裡清楚，今日成親的可是他的心上人，他怎能不來呢？

忙裡忙外招呼客人，好不容易把人都安置下來了，我才喘了口氣，這當王妃也真是累。

不但要記那麼多夫人、小姐的名字，還得接受她們同情的目光對我的洗禮。畢竟牧遙只是側妃，這般大張旗鼓地舉辦宴席確實是有點落我的顏面，但是我可不在乎。

一回頭看到仲溪午一身月白色錦衣站在一棵樹下，正遙遙地望著我。想著他此時應該心情不好，我就綻放出最燦爛的笑臉，衝他走過去。

他看我笑得花枝招展，不由得挑了挑眉，我怕他覺得我是在幸災樂禍，趕緊開口：「皇上，這人都已經來齊了，你也趕緊隨我入席吧，等下婚禮就開始了。」

仲溪午撥了撥腰間的玉珮，道：「為何妳能笑得這麼開心？」

這是在和我取經嗎？我又不喜歡仲夜闌，當然笑得開心了，他心裡有牧遙，自然此時不舒坦。

我語重心長地回道：「皇上，今日是大喜的日子，所以還是笑臉迎人為好。所以你也別愁眉苦臉了，不然別人看見了怎麼辦呢？

我側身做了個「請」的姿勢，仲溪午終於邁開了步子。

只是他走到我身邊時又開口：「妳現在心裡是沒了皇兄嗎？」

心裡「咯噔」一下，我擠出一抹笑容：「怎麼會，皇上想多了。」

看著我明顯心虛的表情，仲溪午好像勾了勾嘴角，但沒等我看清，他就逕自邁步走了。

側妃不同於正室，不需要三跪九叩拜天地，甚至連婚宴也不必舉行。是我一力堅持才有了現在的宴席，旁人都私下笑話我假仁義、裝賢慧，做給仲夜闌看。

婚禮縮減到只需給我敬茶，我原本想把這一項也免去，沒想到牧遙倒是拒絕了。仲夜闌也擔憂牧遙因婚禮的出格成為眾矢之的，所以也就默許了。

於是我只能心情複雜地接過牧遙遞過來的茶水，真是喝之無味。

接下來就是假笑著應酬各方夫人，心累卻也只能忍著。

然而宴席剛吃到一半，銀杏突然神色慌張地跑過來，在我耳邊說：「王妃，華……公子出事了。」

我心頭一跳，迎著其他夫人探究的目光，努力保持若無其事的模樣，找藉口離開。

走出了宴席，我才開口問銀杏：「兄長又怎麼了？」

「回王府，華公子現在……在側妃娘娘房裡。」銀杏面帶難色。我踉蹌了一下，轉頭喝斥：「那是什麼意思？」

「奴婢也不清楚，就是聽下人來稟報說……說華公子闖進了側妃娘娘的房裡。」

銀杏看著都要哭了。

我努力壓下心頭的忐忑，疾步趕去。

到了牧遙新住的院子，我抬步踏入房內，只看到一地的碎瓷器，牧遙則頭髮凌亂地縮在房間角落，正中間躺著昏迷不醒的華深，額頭上還有未凝固的鮮血。

我眼前一黑，強撐著自己走到華深面前，忍著想抽他耳光的衝動蹲在他面前，搖了搖他：「兄長，醒醒。」

他迷迷糊糊地睜開眼，看到我眼裡滿是迷茫。「妹妹？這……」

「怎麼回事？」

仲夜闌的聲音也傳了過來，我手一抖，回頭看去。

只見仲夜闌看到屋裡的場景後，面目頓時變得扭曲起來，他幾步邁到牧遙面前，扶著她的肩問：「阿瑤，妳沒事吧？」

牧遙面色蒼白，強行擠出一抹笑：「我沒事，還好丫鬟及時打昏了……他。」

雖是在笑著示意自己無礙，但是她眼裡含著淚。

仲夜闌向來聰慧，臉上霎時間露出了滔天怒火。

他伸手抽出了南風的佩劍，雙目如同燃燒的烈焰，一步一步向華深走來。

我見此，趕緊起身上前，拉住他的手臂，強壓住心頭的慌亂，保持鎮定開口：

「王爺，你冷靜一下，聽我說……」

仲夜闌用力抽出了他的手臂，我被他的力氣波及，重重地跌倒在地，手掌按在了地上的碎瓷片上。

眼見仲夜闌走到華深面前，舉起手中長劍，我身體比腦子反應更快，直接擋到了華深面前……天知道我為什麼要擋到他面前。

「鐺——」劍鳴聲響起。劍並沒有落在我身上，華戎舟舉劍的身影擋在我面前，硬生生用劍接住了仲夜闌的一擊。

只是仲夜闌作為男主，武力值旁人自然難以企及，看到華戎舟青筋暴起的手背，我就知道他有多吃力了。

「不自量力。」仲夜闌冷嘲道，只見他抬起空著的那隻手，一掌將華戎舟擊出好遠。

華戎舟的身子飛起，重重地砸到椅子上，椅子也變得支離破碎。看到他伏在地上，臉上沒有一點血色，我心裡一抽，卻又強打起精神。

不行，就算今天是華深又壞事了，也不能就這樣任由仲夜闌殺了他，那樣梁子就真的結下來了，再無迴旋餘地。

「王爺，你聽我說……」

「讓開。」仲夜闌冷峻得如同一個修羅，眼睛裡的寒意似是要把我的血液凍起來。

「王爺，你不能殺他，我們好好談談行嗎？」我放軟語氣，帶上幾分哀求。

只是仲夜闌眼裡並未見憐惜，他看著我，如同第一次見我，他說：「我說妳為何好心為阿瑤請旨，難不成這是你們兄妹早就合計好的嗎？」

現在這劇情是我變成虐文女主了嗎？也輪到我說什麼他都不信了。之前的華淺騙過他許多次，難怪他現在對我再無信任可言。

「王爺……」我加重了語氣，聲音帶著我控制不住的顫抖。

「我可以不殺他，但是我要廢了他兩條手臂，讓他知道什麼人不該碰。」

仲夜闌再次開口。

我應該讓開的，我也想廢了華深的手臂，讓他以後少給我找麻煩，可是不知道為什麼，身子卻是無法移動。

仲夜闌眼眸越來越冷，最終他開口：「不讓開是吧？好，我成全你們兄妹情深。」

他再次舉起了劍，我緊緊地閉上了眼睛，雙手握緊。

等了許久劍也沒有落下，耳邊響起一道熟悉的聲音——

「皇兄還是冷靜些為好。」

睜開眼，看到仲溪午正站在仲夜闌身側，一隻手緊緊握住了仲夜闌持劍的手。

仲夜闌凝眉，眼神並未見半點好轉。

對上仲夜闌如同沁了血的眼神，仲溪午並不介意，反而勾唇一笑，開口：「難不成皇兄也想同我打一場嗎？」

29

仲夜闌沉默了片刻，終於收回了劍。

我鬆了口氣，這才感覺到手心劇痛，方才跌倒時，幾塊瓷器碎片深深地扎進了我的手心。

身後的華深似乎也反應過來，明白現在的情況了，扯著我的衣服縮在我身後不敢出來。

「皇上這是什麼意思？是要為那等廢人出頭？」仲夜闌面對仲溪午，無半點恭敬。

仲溪午邁了一步，身子移到了我面前，狀似不經意地將我擋在身後，繼續對仲夜闌說：「華深可是華相的獨子，皇兄的心情我理解，但還是莫要失了理智才好。」

仲夜闌把劍丟給南風，方才開口：「他敢對我的側妃不敬，難不成身分成為他的保護傘了嗎？」

仲溪午思索了片刻，才開口：「那不如先將他關到京兆尹處，等日後再判罪過，今日還有很多事情需要處理。以皇兄的身分，京兆尹也不敢縱著華深。」

我看不到仲夜闌的臉色，只是許久後聽到他的聲音：「便宜他了。」然後就見他走向牧遙，攔腰抱起她後，頭也不回地走了。

我終於放鬆下來，後背已經溼透了，恍惚間似乎和牧遙對視了一下。只是下一刻仲溪午就轉身在我面前蹲下，我也就不再看向仲夜闌他們兩人。

有宮人走了過來，將華深拉了下去，他鼻涕一把淚一把地哭喊著救救他，我卻再沒有半點精力去顧及。

「多謝皇上相助。」我勉強擠出一抹笑意。

仲溪午沒有說話，伸手拉起了我的左手，看到血肉模糊的手掌，他眉頭一皺，開口：「妳回院子處理一下傷口吧。」

「可是前院還有許多夫人——」

「交給我來處理，妳安心回去就是。」仲溪午打斷了我的話，鬆開手站了起來，抬步向外走去。

我趕忙開口：「恭送皇上。」

仲溪午走後，我擦了擦額頭上的冷汗。銀杏見此趕緊過來扶我，我推開了她的手，走向一旁還在地上的華戎舟，用完好的手扶他坐起：「你還好嗎？」

身為男主的仲夜闌盛怒之下的一掌自然不容小覷，華戎舟面色仍是慘白。

「我沒事……對不起，王妃。」

這個傻孩子，是覺得自己沒有幫到我嗎？

聽著他聲音還是有些氣力，我就放下心來，伸手揉了揉他的頭頂，迎著他變晦暗的眼眸說：「不，你已經做得很好了，快去找大夫看看吧。」

華戎舟垂下頭不語，我也就起身回院子了。

到了院子，銀杏急急忙忙地拿來創傷藥，我坐在椅子上，不敢再看自己手掌一眼。

「奴婢見過皇上。」

不多時，聽到院外丫鬟的聲音傳過來；我還沒來得及反應，就看到仲溪午月白色的身影走了過來。

他極其自然地走到銀杏身邊，道：「我來吧。」

銀杏聽話地將藥和銀針交給了他。

「皇上……」

「放心，前院的人都安排好了，正在離府。」仲溪午打斷了我的話。看到他伸手，我下意識地把手縮回來。

「皇上，還是讓銀杏來吧。」我回道。

仲溪午卻長臂一伸，將我的左手扯了過去。「妳是不信任我嗎？」

「不是的，這樣似乎於禮不合……嘶……」話說到一半，我倒吸了口冷氣，這手掌心真的是太疼了。

「無人知道我來妳的院子，再說我們之間更不合禮的事都做過，妳又在介意什麼？」仲溪午漫不經心地回道。

我不由得嘴角一抽，這話也太容易產生歧義了吧，不就是我之前給他上過藥嗎？說得這麼曖昧。

然而接下來我就無力顧及這些了，仲溪午挑瓷器碎片的動作雖然輕柔，但還是太痛了。我疼得直發抖，忍不住開口說：「皇上，要不你打昏我再處理傷口吧。」

仲溪午動作未停，說道：「既然這麼怕疼，又為何要擋在華深面前？」

「他終究是我兄長。」我無力地開口，這是我再怎麼努力都無法改變的事實。

仲溪午動作一停，卻沒有再開口問話。

在我感覺自己就要疼昏過去的時候，仲溪午終於處理完我手掌裡的碎片，開始給我上藥包紮。

處理妥當後仲溪午才開口：「此事我暫時給妳壓了下來，但是妳要知道，妳終究是需要給皇兄一個說法的。」

「皇上，你為什麼要幫我？」我忍不住開口問，我似乎有點看不懂他了。

仲溪午沒想到我會問這個，半晌才開口：「妳既幫我保守了我的……心意，我們現在也算是統一戰線了。」

這個皇帝是有多無聊，暗戀別人非得找個人分享嗎？今天華深打牧遙的主意，他難道就不生氣嗎？

不過這話我也沒敢說，就是自己想想。

仲溪午坐了一會兒，就起身回宮了。

他剛走，千芷就過來了，看到一旁呆呆站著的翠竹，開口對我說：「王妃，方才我去大夫那邊取藥，看到華侍衛在那裡拿了一瓶外傷藥後火急火燎跑出去了，連我打招呼他都沒看到。也不知道他的傷勢怎麼樣了。我回來時好像看見他在門口，但一眨眼又沒了人影。」

華戎舟也受外傷了？方才在牧遙院子裡也沒仔細看，想必他摔在椅子上，也應該會有些擦傷，想到這裡，我就對翠竹說：「翠竹，妳代我去看看華戎舟怎麼樣了。」

翠竹低頭答應，走了出去，我忍不住皺眉。「這丫頭是怎麼了？往日有機會不是開心得要上天嗎？今天怎麼沒見她歡喜呢？」

「或許是擔憂華侍衛吧。」一旁的銀杏回覆。

我點了點頭，覺得有點道理。

而千芷猶豫了片刻後，還是貼近我，小心地說：「王妃有沒有覺得……皇上似乎對妳有些不同？」

是有點不同，估計這個皇帝是憋壞了，逮著我來當閨密，還是那種分享暗戀對象的閨密。

「妳想多了。」我並未跟千芷說實話，而是扯開了話題。

第二日華夫人就找上了門，哭天喊地地讓我救救華深，說她的寶貝兒子受不了牢獄裡面的苦。

我強忍著頭痛，帶上她動身往京兆尹處去了。

牢獄的侍衛放我進去了，只是華夫人卻被擋在門外，我安慰了她幾句就獨自進去。

牢獄裡，華深蓬頭垢面，一看到我就撲了過來，求我趕緊救救他。

「兄長，我跟你說過多少次，牧遙不是你能動的人，你怎麼就不長記性呢？」我恨鐵不成鋼地埋怨。

他抹了抹胖臉上的眼淚，啞著嗓子開口：「妹妹說的話我一直都是放在心上的，妳說不能動的人，我是打死都不會亂動心思的，妹妹為何不信我呢？」

看他狡辯，我氣得差點笑起來：「那昨日是怎麼回事？你為何衣衫不整地出現在牧遙房裡。」

華深懊惱地抓了抓腦袋開口：「我是真的不知道，昨日我多喝了幾杯，在院子裡醒酒。妹妹的丫鬟傳話說母親讓我老實待著別亂跑，我就在一處涼亭裡不敢亂動。」

「那後來是怎麼回事？」華深看上去有點心虛，見他這個模樣，我氣得甩袖子就要走，不想管他了。

他嚇得趕緊扯住我的袖子開口：「我是在後花園看到……看到一個丫鬟生得不錯，她又對我欲拒還迎，我因為酒勁……就忍不住跟著她過去了，結果剛進了一個院子就昏了過去。醒來就看到晉王要殺我，嚇得我話都說不出來。」

華深頓時結巴起來：「你確定是有個丫鬟主動勾引你嗎？」我皺起了眉頭。

「我見她一直看我，可不就是……是對我有意思嘛。」

我真想一巴掌拍到華深頭上。看他兩眼就是對他有意思了？他喝多了，好色本性暴露，還為自己找藉口。

見問得差不多了，我就準備起身離開，華深則是拉著我的衣角開口：「妹妹快些救救我吧，這牢裡還有老鼠，我是待不下去了。」

「你這次好好長長記性吧。」我抽出衣角就離開了，不再理會他的哭喊。

出去後，看到一臉焦急的華夫人，我把華深的話給她複述了一遍，看到她頓時氣得發抖。

「我都說過深兒無數次了，他還是改不了好色這個毛病，竟然在妳府上鬧事，真是該好生打他一頓。」

「母親覺得是兄長闖出來的禍嗎？」我撫了撫剛才被華深拉皺的衣袖開口。

華夫人拿著帕子抹了抹淚才說：「妳哥哥雖然荒淫了些，但終究是喝酒才誤事。我們華家只有他這一個兒子，妳做妹妹的可不能不管他啊。」

這話也就是默認了是華深好色才惹出的事，卻還為他開脫。

我勾了勾嘴角，開口：「可是……我覺得這次不是兄長的錯。」

30

回到晉王府，我喊來翠竹問話，因為華深所說的那個傳話讓他老實待在後院的丫鬟，就是她。

翠竹一臉懵懂，但還是老老實實地回答：「是華夫人沒看到大公子，就讓奴婢前去尋他，並且交代他宴席人多，不要亂走動。」

「那妳可有和別人說過華深在後院？」我又問道。

翠竹皺眉思索了片刻，還是搖了搖頭：「沒有。」

這些話華夫人也跟我說了，只是我還是問了翠竹一遍，看看有沒有什麼遺漏的地方。

見我不語，翠竹小心翼翼地問：「王妃，奴婢是不是做錯了什麼？」

迎著翠竹那雙純真的眼眸，我終究只是嘆了口氣，嘴上並沒有多說：「和妳無關，妳不要多想。」

在院子裡待了一天一夜，千芷送過來的飯食我一筷子都沒有動。

直到第二日天色漸漸沉了下來，我才恍如大夢初醒，深吸了口氣開始抬步向外走去。

出了院子，看到華戎舟還站在院子門口，我停了停，開口對他說：「王爺下手沒有輕重，你之前傷勢也不輕，就不必守在這裡了，先回屋裡歇著吧。」

「屬下沒事。」華戎舟回道，一動不動。我也沒有再說什麼，畢竟我還有更重要的事情要去處理。

到了牧遙院外，侍衛把我攔了下來，我並未動怒，只是開口說道：「你去告訴側妃一聲，她自會見我。」

侍衛猶豫了片刻，看我那般從容有把握，還是進去通報了。不過片刻，他就回來請我進去。

進到牧遙屋子裡，只見她手持一本書，正坐在油燈下翻看，書籍上赫然寫著「兵書」二字，完全沒有了昨日那驚慌失措的模樣。

我也不見外，自己尋了把椅子坐下。她這才抬眸看我。

我迎著她無波動的目光笑了笑，開口：「等我許久了吧？」

牧遙放下了手裡的書，看著我說：「妳若是來為華深求情，那姿態是不是該放低一些？」

我並不在意她語氣中的嘲諷，回道：「華深又沒有犯錯，我為何要為他求情？」

牧遙面無表情，如同看著一截枯木一般盯著我。

「牧遙，我一直覺得妳作為女……仲夜闌的心上人，是不會使這種手段的，現在才發現我錯了，原來妳和普通女人並沒有什麼兩樣。」我嘆了口氣說道。

牧遙面色未變，沒有半點被戳破的窘意。

我看著她，感覺自己如同一個突然迷路的旅人一樣。牧遙不是小說裡那個不拘小節的邊城女子嗎？那為何要選這條路線去利用仲夜闌對付我，這是我一直想不明白的一個問題。

「我本是不想來的，可是妳都這麼苦心設計了，我還是配合妳一下為好，免得讓妳一番心意付諸東流。」我低頭輕笑一聲，說不清心裡是什麼滋味。「我說過不會再和妳爭仲夜闌，可是妳始終不信。」

牧遙還是盯著我看：「妳覺得我是為了阿闌？」

「不然還能是為了什麼？」我也直視著她問。

許久不見牧遙言語，我也沒了耐心，便起身開口：「妳既然出手設計華深，此番我也不會視而不見。冤有頭，債有主，即便我心裡曾對妳有愧……但是既然妳用手段無故牽累我身邊之人，那我也不會再留情面。」

說完，我就抬步向外走去，突然聽到牧遙笑了起來，笑聲很大，我忍不住皺眉回頭。

只見她笑得眼淚都出來了，許久才停下，拿帕子擦了擦眼角的淚漬，開口：「冤有頭，債有主？妳怎麼好意思說出這番話來？」

不等我開口，她又說道：「你們華府之人果然都這麼自私自利、是非不分，妳說華深無錯？」

我心裡有些許不安，但還是按捺住，開口：「婚宴之事都是妳設計的不是嗎？華深雖荒淫，但是從未對妳有過不軌之心。」

華深這個人雖然紈褲，但是在我面前不會說謊，我既然警告過他那麼多次，他就絕不會違背我的意思。

而牧遙作為女主，可不是那種受點驚嚇就慌亂哭泣的人設，所以只有一個可能，她是在偽裝，那目的也就顯而易見了。

牧遙歪著頭看我，眼裡的諷刺越來越深。「沒錯，那日之事全是我設計的，華深是沒有對我出手。」

她的痛快承認讓我愣了一下，我不語，等著她的下文。

她也不在乎我有沒有回答，接著說：「聽說華府門口前兩天死了個丫鬟，可是婚宴上見華公子卻毫髮未損。華府果然是權勢滔天，區區一個丫鬟的命，壓根兒入不了你們的眼。」

我心裡一跳：「妳想說什麼？」

牧遙看著我，目光似乎又不在我身上。許久她才開口，語氣不悲不喜：「那個在華府門口自盡的丫鬟，是我的貼身丫鬟——靈瓏，無父無母，自小在邊城與我一起長大。」

我一瞬間如墜冰窟，感覺手腳冰涼。

牧遙見此並未放過我，她起身步步緊逼地開口：「當初妳誣蔑牧府一家造反，導致我們最後被流放，而牧府的家奴全被發賣。本就是奴隸，賣到哪裡都一樣，我之前也是這樣告訴自己的，可是啊……為什麼靈瓏偏偏被華深買了去？」

我腦海裡突然回想起那日華深對我說的話——「那丫鬟是罪籍，一個孤兒，沒有家人」。

牧遙走到我身邊，看著我繼續說：「所以啊華淺，妳究竟是哪來的底氣，才敢在我面前說華深無罪？死在你們華府門口的、你們眼裡的低賤侍妾，是我情同姊妹的一個人。」

「我……」我張了張嘴，突然感覺有點喘不上氣來。

我一直都知道這件事是華深之錯，可是……我卻不作為地把他推給華相處理。我明知道華相會偏袒他，可是我還是那樣做了，是不是我潛意識裡也曾經覺得那……不過是個奴婢？

牧遙直接點出了這個我一直試圖忽視的事實：我因為自己的身分，從而心安理得地偏袒著華府。

牧遙緊緊拉著我的衣襟，迫使我對上她滿含恨意的眼眸：「妳曾對我說不會再針對我，我差點就願意相信妳向善了。可是靈瓏的事讓我發現，我沒辦法選擇原諒妳。因為你們華府的所作所為，在黑暗裡受苦受罪的人數不勝數，我不能再因為看不到就假裝不知道。」

「所以……這就是妳設計華深的本意？是為靈瓏報仇？」我努力扯起嘴角，感覺自己此時勉強保持的強顏歡笑定是比哭還難看。

「既然你們不處罰他，那就由我來讓他付出應有的代價。丫鬟的命你們不放在眼裡，那我這個側妃的身分，可否讓華深脫一層皮呢？」

牧遙說完狠狠地鬆開手，並推了我一把，我狠狠地撞在門上，左手下意識地抵在門上，頓時感覺一陣刺痛。

「哪怕是用這種手段嗎？利用愛妳之人？」我微微蜷起了手指。

牧遙背過身去，我看不到她的表情，只聽到她說：「只要是對付你們華府，什麼手段都是乾淨的。」

「好……我明白了。」我開口，卻感覺似乎聽不到自己的聲音。牧遙側妃的身分是我捧上去的，華深的事也是我刻意迴避的。

我總覺得在這個只有階級，沒有公平的世界裡，我頂著華淺的皮，自然而然地選擇原諒華深才是正確的。

今日牧遙還能為丫鬟靈瓏出頭，可靈瓏若是沒有和牧遙的這層關係，她是不是就只能含恨而終了？她是一個丫鬟，一個在小說裡後來都沒有提過的丫鬟——也是我看到了，卻選擇一葉障目的一條人命。

我抬步向外走去，牧遙沒有理我。她已經向我宣戰了，無論付出什麼代價，她和華府只有不死不休這一個結局。

彷彿行走在赤火烈焰上，步步灼心，外面的千芷趕緊來扶我，一臉緊張地問我怎麼了，我無力回應。

「妳在這裡做什麼？」恍惚間聽到仲夜闌的聲音，定神望去，他正站在院子門口，皺眉看著我。

「日後沒有我允許，妳不許踏進阿瑤的院子。」他極度厭惡地開口，甩著袖子就要經過我。

我下意識地拉住他的袖子，在他掙脫之前問：「那日……若是沒有皇上阻攔，王爺的劍可會落到我身上？」

仲夜闌回頭看著我，目光沉沉如同子夜。

我也沒有想過要他回答，苦笑著開口：「答案一定是會的吧？」

仲夜闌抿了抿脣，抽出自己的袖子，抬步向院子裡走去。

「那玉珮就那麼重要嗎？小時候陪你守陵的是誰真的那麼重要嗎？仲夜闌，你喜歡一個人，只憑玉珮和回憶嗎？」看著他的背影，我終於忍不住開口。

仲夜闌身形一頓，沒有再走，也沒有回頭。

「我是騙過你，可是我從未做過對你不利之事，連我這條命都差點賠給你，難道以前的事就那麼難以原諒嗎？那日你拔刀相向，就沒有想過要好好聽我一言嗎？」

可能是手掌太疼，或者是委屈吧，所以我才忍不住眼淚，為什麼我從來都是那個不被選擇之人？

牧遙背後有仲夜闌，有仲溪午，有伍朔漠，他們都義無反顧地相信她、支持她。而我背後……空無一人，唯有一個將頹的華府。

仲夜闌緩緩回過頭，看著我淚眼朦朧的面容，他的目光似乎閃爍了一下，許久後才開口：「妳現在又在圖什麼？在我面前示弱，好讓我心軟放了華深嗎？」

心裡那片荒漠越來越大，我擦了擦眼淚，深吸了口氣，穩定住心緒。

真是沒出息啊，哭什麼哭。

說來可笑，他仲夜闌曾說過無論發生什麼事，都會護著我的話，明明我從來都沒有相信，可是為什麼現在還是會難過？

我俯首掩去所有表情，屈膝行了一禮：「王爺說是……就是吧。」

話音落，我人也轉身離開。

無論是小說還是生活，都是不可逆的，那些發生過的事情，如同吹散的蒲公英，落到各個角落，然後扎根，發芽，最終生長成一片汪洋大海，一發不可收拾。

仲夜闌不愛華淺是設定，華深好色是設定，華相利慾薰心也是設定，我可以改變劇情，可是那些之前就已經存在的傷害，是我無法挽回的。

牧遙的話提醒了我，因為過去的華府，無數人還在黑暗裡掙扎求生。我私下以為保住了牧遙一家就會太平，然而還有無數我沒注意到的小人物因為之前的華相和華淺，痛不欲生。

這才是我為了自己活命，而一直想救下來的那個家族的真面目。

反派之所以是反派，從來都不是做了踩死隻螞蟻、打罵別人這些小事才形成的，而是製造了無數苦難，只為獨善其身。

牧遙的話如同一把刀，割裂了我一直以來粉飾的太平。

洗鉛華

第九章

怙記

31

彷彿是過了一年，又好像是只過了一天，我坐在窗前看著日出日落，安靜到如同石化了一般。

時間緩緩流過，華夫人上門的哭訴被我拒絕了，太后的召見我也有膽子拒絕了。

我不知道華深後來怎麼樣了，也不知道牧遙後來又會怎麼對付華府，有那麼一段光陰，似乎全世界都與我無關。

院子裡的丫鬟看著我日日沉默寡言，和以往大不相同，也都是小心翼翼的，而我卻連安慰她們的餘力都沒有。

我……是不是憂鬱了？

坐在躺椅上，我認真地思索著這個問題，要不然怎麼突然對這裡的人生沒有半點興趣了呢？

或者是我在逃避那些我不願意面對的事實？所以才會躲在這個院子裡。

然後如同一片日漸枯萎的落葉，慢慢凋零。

己。

想過要冷血無情，也想過要大義滅親，然而最後，哪一種說法都說服不了自己。

想來想去我又睏了，便斜躺在椅子上沉沉睡去。

半睡半醒之間我的頭突然猛地一墜，身子還來不及反應，腦子裡就想著——完了，要撞到腦袋了。

然而並沒有想像中的疼痛傳來，我睜開眼，只見華戎舟半彎著腰，一隻手握在躺椅扶手上，而我的腦袋狠狠地砸在了他手背上。

我直起身子來揉了揉太陽穴，看了看四周問：「她們呢？怎麼一個丫鬟都沒有？」

「屬下不知。」華戎舟鬆開手，站直了身子。

「你的手沒事吧？我都睡迷糊了。」我看向他的手背，那裡已是通紅一片。我的腦袋有那麼重嗎？

「無礙。」華戎舟背過手去，恭恭敬敬地站著。

我坐直了身子，拉了拉他的衣服。「你蹲下來，和我說會兒話，這會兒我一點睡意都沒了。」

華戎舟乖乖地蹲了下來，和我平視著，看著他溫順的模樣，我開口：「你的父母可在京城裡？」
他的眸光跳了跳，片刻後才開口：「我父母是鄉下的人，小時候因為鬧飢荒就把我賣給……有錢人家當奴才。」
我這張嘴真是……句句戳人家心口。
「那你怎麼到晉王府了呢？」我問道。
華戎舟垂下了頭，開口：「我從那富人家逃出來了。」
雖然語氣沒有波瀾，但是我看到他垂在身邊的手已經握緊，定是那戶人家苛待於他了吧。
這個世界的奴隸，都是低廉不值錢的，他們過得有多水深火熱，上位者半點不知。
即使是我這個現代人，竟然也曾因為身分，而選擇對他們的苦難視而不見。
抬手揉了揉華戎舟的頭頂，我又問：「那你……一定過得很苦吧。」
如同無數掙扎在底層的人，因為沒有選擇的權利，所以過得努力而辛苦。
華戎舟抬起了頭，我看到他的眼尾已經泛紅，然而他口中說的卻是：「不苦……遇見王妃我就不苦了。」
我一愣，對上他的目光，乾淨而炙熱，生生減去了他棕色瞳孔一直以來的淡漠顏色。

「你現在……還恨之前苛待過你的富人家嗎？」我不知道抱著什麼心思開的這個口，只是想聽聽答案。

「不恨了。」華戎舟回答，瞳孔似乎微微縮了一下。

「為什麼？」我收回手，看著他問。

華戎舟的眼裡全是我看不透的顏色，我第一次意識到，在這個孩子身上，從來都沒有看到過半點孩童的天真，他說：「因為我已經——」

卻聽到一道聲音插了進來，打斷了他。

「妳尋我來所為何事？」

我一愣，看向院門口，只見仲夜闌高大的身影踏步進來，身後跟著雙目通紅，一看就是哭過的翠竹。

華戎舟動作極快地站起來擋在我面前，我愣了愣才站了起來，把華戎舟拉到一旁，對他搖了搖頭。

仲夜闌看著我的舉動，嗤笑一聲才開口：「妳倒是養了個忠心的好奴才。」

我不理會他的嘲諷，反問：「王爺前來又是為了什麼事？」

仲夜闌眉頭一皺，開口：「不是妳尋我來的嗎？」

我一愣，看到他身後的翠竹，才反應過來。這傻丫頭定是以為我茶飯不思是因為仲夜闌，才擅自去尋他。

我嘆了口氣開口：「是丫鬟擅做主張驚擾了王爺，我無事，王爺請回吧。」

仲夜闌的眉頭越皺越深：「妳現在惺惺作態是想做什麼？」

他的嘲諷並未激起我的半點鬥志，我看著他說：「是我做錯了，還是王爺因為心裡的偏見，才會覺得我無論怎麼樣都是錯的？」

仲夜闌表情未變，目光彷彿壓境的烏雲落在我身上。「妳這是在怨我？」

「怨你有什麼用？平白讓自己心裡不舒坦。」

我開口，無視仲夜闌漸漸變得危險的眼眸繼續說道：「你之前不願聽我說話，現在我也不想和你說了。我現在腦子很亂，所以也請你不要打擾我。」

我說完，轉身就向屋裡走去，身後傳來仲夜闌的聲音：「華淺……」不是惱怒的語氣，似是有話要說，我回頭看到他的眼神，不由得一愣，下一秒心裡滿是嘲諷。

手不由自主地握緊，我開口：「華深的命，王爺想要就拿走吧，只要你能心安理得。」

然後我腳步未停，走到了裡屋，逕直把門關上，不再理會他。

現在我的腦子如同纏繞著的一團亂麻，我需要理清楚，所以他們愛怎麼折騰就怎麼折騰吧。

「王妃，妳要不要去看看妳的嫁妝鋪子？」

看著我在院子裡待了一個月都沒出去，千芷也忍不住了。往日我是提起鋪子就開心，可是現在我覺得要那麼多錢也無用。

對現在的我來說，錢又能做什麼？錢能買什……

嗯？我突然坐起來，開口：「走，千芷，我們出去看看鋪子。」

千芷本就是試探性地一問，沒想到我回應了，頓時她難掩眼裡的喜色。拒絕了其他丫鬟跟隨，我只帶著千芷和華戎舟出去。

從城南走到城北，忙到天色漸晚，我終於將手裡的十幾家鋪子這幾個月盈利的銀錢盤點清楚。

看著跟著我跑了一天卻毫無怨言的千芷和華戎舟，我心頭不由得一軟，他們也同我一樣滴水未進。

於是我拉著他們找了個館子，用了些餐食。跟著我時間長了，他們也不同我客氣，就直接三人圍坐一起吃飯。

吃完之後出來，天色已經徹底黑了，路邊開始掛起燈籠，有各種小攤擺了出來，竟是一個熱鬧的夜市。

想著來這裡大半年，我還真的不曾在晚上時出來過，就沒有乘坐馬車，和他們一起行走在小巷裡。

兩邊是人來人往的商旅，還有賣力吆喝的小販。

這場景讓我凌亂的心突然順了下來，現代時無數次花錢去古鎮裡面尋找安靜，全不如這真實的古鎮讓人安寧。

有行人推著車，吆喝著讓路，我還來不及躲閃，就被一隻手拉到了路邊。我一扭頭看到了華戎舟那張臉，他的一雙眼睛被這路邊的燈籠照得流光溢彩。

這人是吃了增高劑嗎？怎麼看著好像又長高了？再這樣下去，就要比我高上一個頭了。

正欲開口說話，我的目光卻飄到他身後的一抹人影上，驀然睜大了雙眼。

只見仲溪午立於一盞燈籠下，燈火把他淡青色的衣衫染得昏黃。他望著我，好像看了很久，嘴角有著揮散不去的笑意。

32

既然已經對視了，那我就沒辦法裝看不見，於是我抬步朝他走過去，華戎舟這才鬆開了握著我的手。

「皇……仲公子怎麼也在這裡？」我先開口說話，特意轉換了稱呼。

他看著我說：「妳在晉王府閉門了一個月，今天怎麼突然跑出來了？」

我忍不住皺了皺眉：「皇上是在晉王府安了眼線嗎？怎麼一舉一動都這麼清楚？」

「妳覺得呢？」仲溪午挑眉繼續說著。

隨便吧，現在的我也沒心思去在意他了。

我還未回話，就聽他說：「既然找到妳了，走吧。」

「嗯？」我疑惑地開口：「找我做什麼？」

「帶妳去個地方。」仲溪午擺了擺頭，示意我跟上。

站在一座高樓下面，我揉了揉自己因長期抬頭看而痠痛的脖子問：「這是什麼地方啊？」

「摘星臺。」仲溪午回答：「是欽天監白天辦公的地方。」
那帶我來做什麼？
「走吧，上去。」仲溪午不等我說話就抬步開始走。
我小心翼翼地跟在後面開口：「走上去？」
仲溪午詫異地回頭看著我：「不然還能怎麼上去？」
我呵呵乾笑幾聲，然後抱拳說了句「告辭」，轉身就跑，卻被他抓了回去。
他毫不動搖地拉著我一步一步地踏上樓梯，我掙扎半天也沒把手臂掙出來，只得又開口：「這摘星樓有幾層？」
「二十。」
「我們要去幾樓？」
「二十。」
我差點一口老血噴出來，顫抖著問：「皇上覺得我能爬到二十層嗎？」
「中途累了可以休息。」仲溪午咧著一口大白牙笑著，晃得我眼暈。
之後無論我如何撒潑耍賴，死纏爛打，他都毫不動搖地把我扯到頂樓，連累千芷和華戎舟也默默地在身後跟著爬樓。
終於，到了頂層之後，千芷和華戎舟等在樓梯口，而我幾乎是跟著仲溪午爬著到了樓層靠裡的地方。

我一屁股坐在地上，累得像條狗，而仲溪午卻臉不紅氣不喘的。

「過來。」他站在欄杆處，朝我招手。

「我太累，動不了。」我毫不猶豫地拒絕。

「給妳看個好東西。」

「烏漆墨黑的有什麼好看？」我賭氣般一動不動。

這個抽風的皇帝，一言不合就把我拉到這裡幹啥？

「看來妳現在是真的一點都不怕我了。」仲溪午瞇眼看向我。

我還是一副死豬不怕開水燙的模樣一動不動，原來人累到極致，真的可以連命都不在乎。

「妳是要我去拉妳過來嗎？」仲溪午見我不為所動，再次開口。

「皇上，你天天很閒嗎……」我不滿地嘟囔著，但還是一步步挪了過去。

站在他身邊，我往下看去，只覺得一陣頭暈目眩。一是我有輕度懼高症，二是我看到了京城裡的大街小巷，因為通明的燈籠，被連成了一條火龍，盤旋在主幹道上。

從這麼高的地方看下去，腳下如同盤踞著一條金黃色的巨龍。

仲溪午的聲音從旁邊傳來：「我是好不容易才擠出的時間。」看著我愣愣的模樣，他又開口：「從這裡看下去，有沒有一種把萬物全踩在腳下，三千煩惱都消散了的感覺？」

我伏在欄杆上一動不動，說：「煩惱可不會因為站得高就沒有，站得越高，能看到的東西反而會越少。」

仲溪午伸手重重地在我腦袋上敲了一下，我惱怒地瞪著他，卻聽他又說：「那也需要妳上來親眼看過了才知道，若是妳今天沒有費這麼大工夫爬樓梯上來，哪裡會知道別人口中的景色？」

我揉腦袋的手一頓，詫異地問：「難不成你帶我來這裡，就是來看風景的？」「看妳連母后的邀約都拒了，我就好心地給妳分享個觀景勝地，尋常人可是見不到的。」仲溪午坦坦蕩蕩地承認。

我有點迷糊了：「你為什麼要對我這麼好？」

仲溪午似乎沒想到我會問這個，愣了一下才開口：「盟友……之間不是應該互幫互助嗎？」

我把頭轉回來，互幫互助？難不成他抱著和男三伍朔漠一樣的目的，想讓我搶走仲夜闌，然後他可以抱得美人歸？

眼底的夜景還是轉移了我的注意力，我忍不住將身子向外又探出一些，因懼高導致的戰慄讓我腿軟。可是這種自虐一樣的感覺，卻讓我心裡真的輕鬆了片刻，於是我忍不住又將身子向外探了探。

然而這次身子剛一動，一股大力就從我腰間傳來。仲溪午竟然將我攔腰拉了回來，我回頭對上他帶著些許怒氣的眼眸，他說：「妳想做什麼？」

我就是想看看風景呀。

不等我開口他又說：「我帶妳來這裡，可不是讓妳自尋短見的。」

「噗——」

我忍不住笑出聲來，這個人是感覺我有多脆弱呀！看我努力控制，卻始終忍不住的笑聲，仲溪午的臉色似乎黑了一下。

我這次開口：「皇上，你這舉止有點不合規矩吧？」

我指著他還環在我腰間的左臂，仲溪午若無其事地鬆開手，說：「怕什麼？現在摘星樓都是我的人，又沒旁人看見。」

我疑惑地歪著頭看他：「皇上你這話是鼓勵我紅杏出牆嗎？」

仲溪午狠狠地瞪我一眼，我趕緊禁聲。

於是兩個人沉默地在欄杆處站了很久，有夜風拂過，頭頂的燈籠微微晃動，圍欄處的光影也隨之變動。

風撥亂了我的髮絲，讓我忍不住生出一種錯覺，轉頭看向他說：「你是不是喜……」

對上他看過來的眼眸，我的腦子突然清醒，到嘴邊的話轉了個彎，出口時已經換了個方向：「她都已經成親了，你還惦記著她嗎？」

仲溪午看著我，眼神溫柔而堅定，讓我差點感覺我就是牧遙。

他說：「惦記。」

「真幸運啊……」

對上仲溪午疑惑的目光，我笑著轉開了頭。

牧遙真幸運，因為有這麼多人都愛她。仲溪午沒有再多問，轉身走向裡屋，片刻後拿著一個酒壺模樣的瓶子過來。

「要喝嗎？」仲溪午搖了搖酒壺。

「那是什麼？」

「月露濃，說是解千愁，只有這摘星樓裡才有。」仲溪午解釋。

解千愁？哪有那麼容易的事兒。

我還是伸手接過了酒壺，拔下塞子，喝了一大口，挺甜的，還帶著些許辛辣。

正好爬樓爬得有些渴了，我一口氣喝了大半壺，只覺得痛快。

對上仲溪午瞪大的雙眼，我說：「不會這麼小氣吧？不是都給我了嗎？」

仲溪午似乎有點瞠目結舌：「妳可知月露濃是什麼？」

「你不是說解千愁嗎？」我搖了搖酒壺開口。

仲溪午似乎有點想笑，卻又忍了下來，說道：「這可是世間最烈的酒。」

我搖瓶子的手僵住了：「酒？最烈？」

「嗯。」仲溪午鄭重地點了點頭，不過看著是掩飾不住的幸災樂禍。

我真是……為什麼不早說？

趕緊把酒壺塞到他手裡，我說：「我先走一步。」

仲溪午突然被塞了個瓶子，還沒反應過來我就跑了。

他在後面喊著：「妳急什麼呀？我送妳下去。」

「不用，我有丫鬟。」我頭也不回地說。

跑到樓梯口，千芷和華戎舟在那裡守著。我的頭已經有些暈了，拚命抑制住，走過去開口：「走，我們回去。」

然而腳下已經有些軟了，想想還有二十層的樓梯，我把華戎舟一把拉過來，蹦到了他的背上開口：「這次辛苦你一下，快背我下去。」

華戎舟似乎有點不知所措，僵了許久才有動作，用手背托起我的身子，開始快步下樓。

不是我著急，實在是我這個人……酒品不好，一喝多就耍酒瘋，當著仲溪午，萬一說出什麼不該說的話，做出不該做的事，那多尷尬。

華戎舟到了樓下後，也有點喘了。

把我放下後，我緊緊握住他的手臂才不至於跌倒。千芷見此，趕緊去前面路口尋找我們來時乘坐的馬車。

而我頭腦越來越清晰，身體卻不為我所控——這是喝多的人的通病，感覺自己是清醒的。

跟著華戎舟走了幾步，不知是被石頭絆到，還是自己已經沒了意識，我雙腿一軟就要跪在地上。

然後好像跌到了一個熱騰騰的懷抱裡，我抬頭，看到兩顆一閃一閃的棕色寶石，忍不住伸出手去觸碰，然後寶石卻突然沒了。

我好像聽到結結巴巴的聲音說：「王……王妃，不……不要戳我……眼睛。」

沒有拿到棕色寶石，我的手卻碰到了一個異常柔軟的東西，睜大眼卻只看到白的一片，忍不住捏了兩下，手感真好，有點像棉花糖，說起來我好像很久沒有吃過棉花糖了。

於是我當機立斷，雙手揪住那棉花糖，踮起腳狠狠地……咬了上去。然後就聽到那棉花糖倒吸了一口冷氣，這棉花糖成精了？我鬆開嘴，咂了咂嘴巴。

這棉花糖一點都不甜。

這是我昏過去之前的最後一個意識。

33

再次睜開眼，入目的還是那熟悉的床帷。坐起身子，腦袋沉得如同掛上了一個秤砣。

那個坑貨仲溪午，就會折騰我……我喊千芷過來，一開口發現我的嗓子乾得都沙啞了，宿醉真是傷身。千芷一直用同情的眼神看著我，看得我心裡發毛。

「幹麼用那種眼神看我？」

千芷吸了吸鼻子開口：「奴婢只是感覺王妃太辛苦了。」

我心裡越來越不安：「我昨天醉後幹什麼了？」

千芷用看自己孩子一般慈愛的眼神看著我，然後說道：「沒幹什麼，就是王妃在馬車上罵了一路的街，要不是王妃喝醉了，我還不知道王妃心裡這麼委屈……」

我……我說為什麼感覺嗓子啞了呢。

「我罵誰了？」我扶額問道。

「最多的是王爺和華少爺，然後就是華相、牧側妃……對了，還有皇上……」

看著千芷掰著手指頭數的模樣，我只覺得眼前一黑，難怪都說酒後……吐真言。

說起來今天起床感覺心裡舒服了些，難道是因為昨天罵痛快了？

「有誰……聽見了？」我視死如歸地問。

「王妃放心，昨天華侍衛把王妃扶上馬車後，王妃才開始罵的，所以只有我和華侍衛知道。」千芷拍著胸口信誓旦旦地說。

「把華戎舟叫過來。」我拍了拍自己的腦門，試圖讓自己清醒一些。

華戎舟進來後，我不由得一愣，只見他右臉頰包著紗布。

「你的臉怎麼了？」我開口問。

華戎舟目光躲躲閃閃地開口：「屬……屬下練武不小心碰傷的。」

我皺眉質疑：「這府裡現在誰傷得了你？是不是王爺找你麻煩了？」

「不……不是的。」

看著華戎舟結結巴巴，又滿臉通紅的模樣，我心裡一突。「那是我昨天打你了？」

我看向千芷，千芷一臉迷茫地開口：「馬車上我沒看到王妃動手，不過我找馬車時就不知道了，昨天華侍衛頭髮未束，我也沒留意……」

「真的是我自己不小心！」華戎舟突然喊了一嗓子，嚇了我一跳。

這孩子，動不動臉紅什麼，我還以為是我喝醉了打人呢！我就說我酒品不好，也不至於打人吧。

我也不再糾結此事，開口：「我等一下要去華府一趟，你幫我去備好馬車。」

華戎舟應聲退下了。

千芷一臉擔憂地問：「王妃，妳怎麼突然要回去？現在恐怕……夫人那邊……」

我漱了漱口，輕笑一聲開口：「自我麻醉了這麼久，也該到我去面對的時候了。」

到了華府，看著真是格外冷清，華夫人估計還在埋怨我之前不見她的事，所以閉門不出，我也不在意，本來我的目標也不是她。

到了華相書房，我不等通報就逕直進去，並且示意千芷在外守著。

華相冷眼旁觀我這一系列動作，屋裡無人後才開口：「不是不認我這個父親了嗎？還回來幹什麼！」

我淡定地找了把椅子坐下，才開口說：「有件事情需要父親幫忙。」

然而我之後吐出的幾個字卻讓華相驟然變色，他拍案而起：「妳是不是魔怔了，自己親哥哥還在牢獄裡，妳卻想著那牧家人？有這時間妳不如好好想想怎麼收回晉王的心！他一意孤行，我如今也沒辦法再插手深兒的事情。」

「父親若是想讓兄長從牢獄裡出來，那就聽我的。」看著暴怒的華相，我並未退縮。

第一次見他，他不動聲色，我嚇得腿軟；現在我卻能應對暴怒的他，看來我自己也進步了。

我心裡暗自鼓氣，但面上並未顯示半分。

「此言當真？妳有什麼辦法？」華相皺眉問我。

我輕笑一聲，看著他：「這一個月以來，父親應該已經試過各種辦法了吧？兄長如今卻依舊在牢獄裡，如今你除了相信我，還有什麼別的出路嗎？」

華相並未被我激怒，只是看著我，如同一個陌生人般開口：「妳這番行事到底是什麼意思？」

「替父親贖罪啊。」

「妳……」

「父親沒有親手殺過人吧？」我打斷了華相的咆哮聲。「可是父親知道自己手裡……不，應該說是華府所背負的罪惡有多少嗎？」

「哪個官員是完全乾淨的？我竟不知道妳何時變得如此天真，妳以為僅憑政績和仁心就能步步高升？是我千辛萬苦一步步爬到了丞相的位置，才給了妳現在站在這裡頂撞我的機會，妳口口聲聲談正義時，別忘了自己姓什麼。」華相握拳，目光似箭般射向我。

「我當然不會忘，正是因為我的身分是華淺，你是我父親，我才沒有對華府不管不顧。父親不聽我的、不信我，無所謂，因為我會用自己的方式，讓父親知道，以往你汲汲於權勢，全是居高才有的鼠目寸光。」我起身回道。

華相向前行了幾步，又抬起了手，卻在我冰冷的目光中僵住。

「父親還想打我嗎？」我扯了扯嘴角。「可是我不會再像從前一樣乖乖任你打了，兄長之事如今你能期望的人也只有我。等我順利解決兄長的事，父親不妨再來和我好好談談。」

無視華相鐵青的臉，我轉身就走，只是出門前又說了一句：「方才我說的事，父親莫要忘了。兄長在牢裡還需要待多久，就看父親的動作有多快。」

踏出書房，我便逕直離開，沒有去看華夫人。從現在開始，我不會再浪費任何時間在無謂的事情上。

回到晉王府，我迅速盤點集齊了手裡十幾家鋪子的可流動銀兩，然後就等待著。

不出兩日，華相就派人送了封信過來。這個老頭雖然固執、聽不進去道理，但是事關他唯一的兒子，他雖生我的氣，動作卻沒有減慢。

打開信，看到裡面的名單，約有二十人。找出一個匣子，我把名單和銀票裝進去，思索片刻後便喚華戎舟進來。

「我這裡有一件事，比較麻煩，我身邊也沒有幾個心腹之人，你願意替我跑這趟差事嗎？」我的手放在匣子上，輕輕敲擊。

華戎舟眼睛一亮，單膝重重跪下，脊背挺得筆直開口：「屬下萬死不辭。」平時看著木訥寡言，心思倒也聰慧，知道我要開始重用他了。

「沒那麼恐怖。」伸出空著的手扶起了他，然後我把匣子交給他。「這裡面有一個名單和足夠的銀票，三日之內，我要這些人的賣身契。」

「是，屬下遵命。」華戎舟連問都不問就應了下來，眼裡流轉的鋒芒如同一把出鞘的寶劍。

「還有你臉上的傷，記得找大夫拿些好藥，別一直拿紗布捂著，那麼漂亮一張臉，日後別留下疤痕了。」我又開口，想緩解一下這嚴肅的氣氛。

華戎舟頓時垂頭不敢看我，又恢復了那種老實木訥的模樣，耳尖也變紅了。

第二日傍晚時分，華戎舟拿著匣子回來了。我打開一看，裡面厚厚一遝紙，還有一半的銀票。

我手一頓，讚賞地看向華戎舟。這孩子可以呀，完全把時間和成本壓縮了一半，卻完成了任務，多好的一名員工，我之前都沒有發現，白白讓他去守了那麼久的院子。

「幹得好。」我毫不吝嗇地誇獎。

華戎舟抿了抿唇，雙目卻難掩喜意。

現在該我來反擊了。

我走到裡屋裡，提筆開始寫起來。

千芷默默地給我掌燈，看到我寫字時開口問：「小姐不是向來用左手寫字嗎？」

我寫字的手一頓，繼續寫著，開口回道：「左手傷到了經脈，無法再提筆了。」

這我可要多謝仲夜闌了，要不是他，我都不知怎麼解釋，我可寫不出來之前華淺的那一手好字。

千芷一瞬間紅了眼睛，憤憤不平地抱怨：「女子的手多麼金貴，王爺就算是在氣頭上也不能那樣對王妃呀，王妃之前無論琴棋書畫，都是一絕，現在被他毀得半點不剩。」

就算沒有仲夜闌，妳家小姐的琴棋書畫也毀得連渣都不剩了，畢竟遇到的是我這個……現代人。

心裡雖這麼想，我卻停筆吩咐：「所以啊，幫我把這個給仲夜闌送過去吧。」

千芷之前跟著華淺也識幾個字，她接過去一看，臉變得雪白。

「王妃，這是……」

「和離書。」

34

牧遙院外，不出意外，我被攔下來了，我也不與侍衛糾纏，偷偷地溜到了側牆，然後回頭對跟著我的華戎舟開口：「你會輕功嗎？」

「呃……會。」華戎舟雖然面帶疑惑，還是點頭回答。

「帶我飛過去。」我挑了挑眉。

「啊？」華戎舟這次再也掩飾不住驚訝，眼中滿是錯愕。

「啊什麼啊，快！」

不等他反應，我就跳到了他背上，在我的催促下，他僵硬地帶著我後退幾步便越過了牆壁。

落地後，我便直接衝著主屋去了。

門口守著的幾個丫鬟完全來不及反應，就被華戎舟給按下了。那小子倒是聽話，沒什麼憐香惜玉之心，有個保鑣就是可靠。

牧遙皺著眉看著我闖進來，冷了臉色。「妳要幹什麼？」

「找妳談談，進不來我就只能自己想辦法了。」我明目張膽地走到她面前。

「我和妳還有什麼好談的？」牧遙臉色依舊不好，但是抬手阻止了想進屋的丫鬟。

我把懷裡揣的一遝紙放到她面前，說：「妳看完這個再說話。」

牧遙伸出手翻開紙，目光一下子變得銳利，連拿著紙的指尖都變白了：「妳這是什麼意思，威脅我？」

「不是，是做交易。」我回答。

牧遙把那遝紙拍在桌子上，冷笑道：「交易？拿我們牧府老家僕的賣身契做交易？」

那遝紙就是牧家未流放時老家僕的賣身契，我先讓華相動用權力把人的下落一個個查出來，然後又讓華戎舟去將他們全部買了回來。

這是一個奴隸不值錢的世界，尤其是曾被主人家連累的罪奴，因此讓我鑽了空子。

「妳放過華深，我把你們牧府老家僕的賣身契全部還給妳。」我依舊不疾不緩地說。

「若是我不願放過華深呢？」牧遙兩眼緊盯著我。

「我來不是為了威脅妳。」我並未接她的話。「所以我不會拿妳家僕的命做籌碼。」

「不是威脅，那這又是什麼意思？」牧遙手指在賣身契上點了點。

「警告。」我開口，牧遙眉頭微皺，似是有點不明白。

我看著她，開口：「我能輕而易舉拿到妳過去的家僕的賣身契，就證明我能做的還有很多。華深做過的錯事，他需要付出代價，我沒意見，可是他沒有做過的事，我也不會眼看著妳將罪名強加在他身上。」

牧遙眼裡閃過幾絲晦澀，我仍是面不改色說下去：「所有的是非曲直都是因人而異的，就算華府罪惡滔天，那也不該為沒有做過的事情付出代價。妳既然要報仇，就堂堂正正地來，我不插手妳扳倒華府的過程，但是也不會對妳的欲加之罪冷眼旁觀。」

這話也像是對我自己說的，華淺之前如何和我無關，雖然穿越到她身上，但這不代表我必須為她做過的事情負責。法律上也說了，人不需要為自己沒做過的行為承擔責任。

牧遙許久未語，最後她開口：「現在是阿闌要處置華深，妳覺得來找我有用嗎？」

語氣似是鬆動了。

「牧遙，妳不要太小看妳在仲夜闌心裡的地位，還有……」我補充：「妳覺得仲夜闌不知道此次是妳設計的嗎？」

牧遙眼睛驀然睜大，我嘆了口氣，果然戀愛中的人都是沒有智商的。

「這一個多月仲夜闌都沒有對華深出手，只是任他被關著，妳覺得是為什麼呢？畢竟那天盛怒下的仲夜闌可是差點殺了華深的。」我開口，說得牧遙臉色變白。

一開始仲夜闌應該是被騙過去了，可是前幾日在院子裡見到的仲夜闌，他看我的眼神裡面卻有一點點愧意。

雖然只有一點，卻也被我抓住了。

他會對我有愧意，也就只有一個原因了。那就是他知道真相，卻還是選擇忽視，關著華深。

畢竟作為男主，他智商肯定不低，一開始在氣頭上會被蒙蔽，但是後來冷靜下來也不難想到其中的疑點。華深就算再荒唐，又怎麼敢在他的婚宴上動手呢？

說到底，牧遙只不過是仗著仲夜闌喜歡她，才設計出這種漏洞百出的計謀。那日若沒有我攔著，說不定華深真的會被仲夜闌斬於劍下。

這也是很多小說女主的通病，總是太過自我，感覺自己的仇恨，永遠比兒女私情更重要，不惜利用自己愛的人，然後把彼此都折磨得傷痕累累，才幡然省悟。

「最後，我提醒妳一句，這世間最禁不起試探的就是人心，妳的利用早晚會把所有的善意都消耗殆盡。」我開口，語氣半是勸告半是警告。「因為從前之事，我才容忍妳這一次的手段。可是妳如果再用這些伎倆構陷，我也絕不會留情面，今天的這些賣身契就是一種警告。」

牧遙看著我，看了很久，她說：「華淺，妳究竟在打什麼主意？」

我毫不示弱地看了回去。「教妳做人啊。」

牧遙估計被我氣得不輕，她的手越握越緊。此時我心裡並無愧意，是她做錯了才讓我有機會站上道德制高點。

「之前冒用妳身分之事，我和仲夜闌坦白了，我把仲夜闌還給妳。所以牧遙，此時的我，不欠妳分毫。」

「還給我？」牧遙皺眉。

「千芷此時應該已經將和離書送到仲夜闌面前了，妳的事情，妳的感情，日後妳就自己處理吧，我不會再牽扯其中半分。」

「妳覺得這樣我們之間就兩清了？華淺，妳未免想得太簡單了，你們華府——」

牧遙目光閃爍，嘴上卻不服輸。

「糾正一下，我是我，華府是華府，請不要混為一談。」不等她說完，我就打斷了她。「我之前想過，為什麼我沒有早一些或者晚一些來到這裡，偏偏是大婚的時候。」

迎著牧遙滿是不解的目光，我開口：「因為若是來得早，恐怕我會一葉障目地庇護華府，而上天把我放入一場困局，卻也留了一線生機。你們牧家流放之事是朝政，我不妄言，這事情給妳帶來多少傷害，我不是妳，自然無法站在妳的立場上體會。可是，我們之間並沒有隔著血海深仇，妳想華府落得的結局，正好，也是我想的。」

牧遙如同看一個異類一樣看著我，久久不語，而雙目疑慮重重。

流放和辭官，差別只是一個無錢，一個有錢，有錢自然一切好處理，所以如今我和牧遙都希望華相下臺。

一個為報仇，一個為保華府之人性命。

華府倒了，可是明月公子還在，我自不必過於憂慮。

若是我當初一念之差，沒有勸阻華相將牧家之人由斬首改為流放，那現在等著我的就真的是破解不了的死局。

這場困局裡，一步錯便步步錯，還好我剛穿越過來就認清了形勢，之後摸著石頭過河也沒有行差踏錯。

回到自己院子後，卻看到了仲夜闌的身影。

「妳去哪裡了？」仲夜闌見我回來便開口問道。

「去解決一樁舊怨。王爺來這裡做什麼？千芷沒跟你說清楚嗎？」我皺眉反問。

仲夜闌抿了抿嘴脣，拿起手裡的一張薄紙，那紙似乎被他捏變形了。「這是什麼意思？」

看到字體醜陋的和離書，我開口回道：「我離開晉王府，皆大歡喜不好嗎？」

我越過他向裡屋走去，他扯住了我的手臂開口：「妳覺得妳現在回華府會比較好嗎？」

什麼意思？

我皺眉，看向他，只見他垂下眼眸開口：「華府自身難保，妳一介女流，華府能護妳到什麼時候？」

這話的意思就是他知道牧遙要對付華府，他也準備要幫牧遙，唯一給我的施捨就是讓我留在晉王府，日後不受波及。

我甩開他的手開口：「這就不勞王爺費心了。」

「妳……」仲夜闌的聲音裡似乎有了些惱意：「妳救過我，我不會對妳視若無睹，所以就算妳要走……也再等一段時間，只有在晉王府裡，我才能護妳周全。」

讓我等華府倒臺後再離開嗎？這仲夜闌倒是還有些人性，沒有像小說裡一樣直接把我拋出去，和華府一起傾覆。

只是，這番好意……對我無用。

「我救你是場意外，再來一次我絕對會原地旁觀，所以你不用放在心上，權當那是補償我之前的過錯。你我兩不相欠，不需要你，我也能護住我自己。」我頭也不回地走開。

突然覺得自己有點像割肉還母、剔骨還父的哪吒，不過我可能更慘一些，因為我在為沒做過的事付出代價。擋箭還仲夜闌真相，離開還牧遙幸福，真是個明事理的偉大女二。

身後傳來紙張被撕碎的聲音，然後仲夜闌拋下一句話就離開了。他說：「和離之事……妳做不了這個主。」

千芷擔憂地看著我說：「小姐……」

我笑了笑，毫不在意地開口：「明日我們進宮一趟。」

「做什麼？」

「請旨。」

第十章

我沒有……他了

35

太后宮殿裡，太后一臉嚴肅地看著我，目光深沉，如同針扎在我身上：「妳知道妳自己在說什麼嗎？」

我忍著她如火炬一般的目光，又一次開口：「臣妾請旨，與晉王和離。」

太后嘆了口氣，仍是勸道：「闌兒有什麼過錯，妳可以同我講，沒必要非鬧到這一步。」

果然長輩都是喜歡勸和不勸分的。

「母后，臣妾此番前來可不是一時衝動，我和晉王已經緣盡，就不必強行湊合到一起了。」我仍是不動搖。

「胡鬧。」太后也加重了語氣。「哪有過日子還像女兒家一樣講緣分的！」

「太后娘娘不願下旨嗎？那臣妾就只能去求皇上了。」我索性敞開了說。

「妳……」

太后被我氣得嘴脣都在抖，身旁的蘇姑姑趕緊上前給她順了順氣，不贊同地看了我一眼。

事實上我手心也出了一層薄汗，但我還是強撐著不開口。

「罷了罷了，我再給妳一個月的時間。」太后惱怒地擺了擺手。「到時候妳若還堅持，我便下旨。」

「臣妾……絕不後悔。」我目光灼灼地回覆。太后終究以為我是耍性子，便給我留了餘地，可是我半點不需要。

出了太后宮殿，就看到仲溪午身邊的高禹在外面探頭探腦；一看到我，他就快步走過來。

「華小姐，皇上讓我過來請妳。」

聽到他的稱呼，我心裡「咯噔」一下，莫名地有些不適。

走了幾步就見戚貴妃迎面走了過來，熱情地衝我打招呼：「晉王妃可是許久不曾進宮了，我可是想念得很呢。」

我和她才寒暄了幾句，高禹就忍不住開口催促了。

戚貴妃目光掃過高禹，又看著我說：「日後晉王妃若是無事可以來我宮殿裡坐坐，我感覺和晉王妃可是很投緣的。」

她語氣裡的意味深長讓我心思不定，但我面上還是笑著應下了。

跟著高禹到了仲溪午所住的偏殿，我剛踏進去，就看到仲溪午身邊站著一個中年宮女。

那宮女對我一笑，行了一禮，走上前來，拿著一條布尺開始給我測量身體。我一頭霧水地任她擺弄，看向悠閒地喝著茶水的仲溪午問：「這是做什麼？」

仲溪午淡定地把玩著茶杯蓋，看起來心情很好的樣子：「我想做一件衣裳給她，看妳們身量相近，正好妳進宮了，就叫妳來量一下。」

現在虐狗的都這麼殘忍嗎？

我忍住自己就要暴走的心情。那宮女迅速量完，衝我行禮後就離開了，我也就不再壓抑自己的脾氣：「你後宮那麼多人，和牧遙身量差不多的應該不少吧，為何非要尋我？再說你自己後宮一大堆都沒處理好，幹什麼還盯著自己兄弟的後院？」

仲溪午的目光一下子冷了下來，我心裡一抽，自己好像是太放肆了，這段時間他對我態度好了一些，我就蹬鼻子上臉了。

不過說都說了，還能怎麼辦？是他先冒著大不韙覬覦自己哥哥的媳婦兒。

「你覺得我這後宮裡人太多了嗎？」仲溪午放下茶杯開口。

聽到這句話，我手指縮了縮，面上仍是一派惱怒。「我對牧遙還是比較瞭解的，即便是沒了仲夜闌，她也不會願意入宮。」

仲溪午的臉色冷得如同在陽光下冒著寒氣的冰塊，完全沒了笑容。

果然是英雄難過美人關啊，帝王也不例外。

「不願入宮嗎？」

心裡嘆了口氣，我跪了下來。「是我以己之心妄自揣測牧遙的心意，皇上日後若是不信，可親自去尋牧遙一問，若是她親口說，自然就作不了假。」

言語中特地加重了「以己之心」四個字，許久都未聽到仲溪午的回答，我膝蓋都跪疼了。

最後，終於聽到了他的聲音：「妳回去吧。」

語調冷漠得同我穿越過來第一次遇見他時一樣。我俯首默默退下，這感情的事，只有自己能說清，他想不明白，旁人怎麼說都是無用。

我好心提點了他，終歸認識這麼久，他人也不錯，我也不希望他越陷越深，無論是對誰。

出了宮殿，和一個灰衣人擦肩而過，覺得似乎有點眼熟，但未等我回頭細看，就聽到千芷附在我耳邊說，剛得到的消息……華深出獄了。

牧遙行動果然快。

我當機立斷，轉往華府的方向。

看到華深後，我即便是做了心理準備，還是不由得嚇了一跳。

在牢裡這一個多月，他竟生生瘦了一半，看著如同漏氣的氣球一般。

他看到我，眼裡還是以往熟悉的神色，嘴巴有些委屈地撇著。「妹妹，我在牢獄裡待了這麼久，怎麼都不見妳來看我呢？」

我狠了狠心，不去理會他，我走到華相面前開口：「父親，我說的已經做到，現在你想再聽我一言嗎？」

華相皺了皺眉，還是跟著我到書房去了，留下抹眼淚的華夫人和眼巴巴看著我的華深。

「我已經請旨和離了。」

我一句話就讓華相驟然色變，在他發怒前，我又說道：「現在牧遙已經和晉王聯手，華府是她的目標。」

「沒用的東西，連個男人的心都把握不住！」華相難忍怒火，狠狠地一掌擊在桌子上。

我心中嘲諷，語氣也不留情：「父親的第一反應，難道不應該是……這是自己作惡多端才有的下場嗎？」

「妳……妳……」華相氣得鬍子都在抖，我卻沒有留情面。

「獲得權勢本應是為了自己的話能夠被人聽到，同時讓下位者的話能夠上達天聽，這是父親最初為官時的想法。如今父親卻本末倒置，開始為了權勢不斷打壓下面的聲音。站得高了，眼裡剩下的反而少了，這真的是父親一開始就想追求的嗎？」

華相未曾想我會說出這番話，面色雖然難看，卻沒有插嘴。

「兄長之事，父親應該比我還清楚是為什麼，像父親這樣踩著無數人只為登高，那爬得越高，樹敵就會越多，最終四面楚歌之際只會失去更多。這是輪迴，此番兄長入獄，父親求助無門就是證明。」我迎著華相難以捉摸的目光，繼續說：「一個月後和離的旨意就下來了，父親屆時若是想明白了，我就回這華府同父親一起面對，父親若還是執意要權勢，那我就此離去，華府榮華或苦難，從此我不沾半分。」

說完，我就轉身離開，給華相留下自己權衡的時間。

接下來一個月內，我開始著重交給華戎舟許多工作，全按照小說裡後來描寫過的牧遙搜集華府罪證的步驟進行。

時間緊、任務重，我需要俐落地處理好在皇城的所有事情，所以我要搶先一步把所有的證據都握在手中，這樣我才有更多選擇的餘地。

華戎舟不負所望，按我所指示的人和地方，每一處都完成得極好。看著手裡厚厚的一遝狀紙，我只覺得心涼。

其實擁有上帝視角的我，對於這些罪狀中涉及的證人和證物，完全可以一力毀去，那樣即便牧遙有通天之能，也難以力挽狂瀾。

可是……我不能。

這對所有受害者不公。

我並未將這些證據的存在告訴華相，因為我在等他的選擇。

若是華相有一絲悔意和良知，我會將這些罪證交給他，讓他自行認罪辭官。他好歹做了十幾年宰相，也不是一無是處。

無論是鑑於他的人脈，還是鑑於他寥寥可數的政績，仲溪午都不會置他於死地，也不會禍及族人。

這是他唯一的生路，選擇全在他。

若他仍執迷不悟，我就徹底放棄，將這些證據收起來，待日後牧遙自己去找。

然後我就遠走他鄉，華府是死是活皆是罪有應得，和我再無半點關係。這是我作為華淺，給華府搏的最後一絲生機。

36

一個月的時間過得很快，尤其是我還忙碌於所有收尾的工作，不管是和離，還是給自己準備退路離開，都要保證不能出差錯。

在中秋節宮裡的午宴上，我沒有選擇和仲夜闌坐在一起，而是一意孤行地坐到華府這邊的位置上，無視別人各異的目光。

華相則是從我坐過來後，從頭到尾不曾看我一眼，彷彿坐在他身邊的我不存在，雖然心口隱隱作痛，我還是抱著希望開口：「一個月已到，父親可想好了？」

我舉杯向華相，面上帶著微笑，讓他無法再忽視我。可我的心情卻如同手裡酒盞中的酒水，層層波瀾不止。

華相這才緩緩轉過頭看著我，目光深遠又陌生，許久之後他避開了目光，我心裡一涼，就聽到他開口：「淺兒日後還是莫要再提此事了。」

手心發冷，心卻一下子靜了下來，原來人設真是我無法改變的。

我勾唇一笑，將杯中酒一飲而盡：「如此……那我就明瞭了。」

我們明明坐得這麼近，是流著相同血液的一家人，可是我卻覺得中間隔著無法逾越的鴻溝，華相還是放棄了他最後的一絲生機。

宴席間上演著什麼，我絲毫沒放在心上。華相已經做出了他的選擇，我也該抽身離開了，華府之事自此和我再無半點關聯。

又飲下一杯酒後，我就起身離開宴席，自顧自地走向宮外。華府又一次沒有選擇我。

然而出宮的路剛走了一半，就被人攔了下來。

「和離的聖旨晚些時候就會送到妳府上。」

我心頭微鬆，開口：「多謝皇上。」

說完就準備走，仲溪午伸出手似乎還想拉住我，然而一道人影卻突然閃到我們中間。

我目瞪口呆地看著華戎舟，眼角餘光瞥到仲溪午微瞇的眼睛。我趕緊把華戎舟扯開說道：「皇上，這可是官道，來來往往都是人，和離聖旨如今並未下來，我可不想在這種時候傳出什麼謠言。」

比如是我紅杏出牆仲溪午，才會和晉王和離之類的話。

仲溪午眼神並未從華戎舟臉上轉開，問：「這是誰？」

「他只是我身邊的侍衛華戎舟，平時也是木頭一樣，方才是過於擔心我的名譽才會冒犯皇上，畢竟如今是敏感關頭。」我趕緊解釋。

這個華戎舟平時木木訥訥的，今天怎麼竟然敢衝撞仲溪午了？是不是我這段時間對他委以重任後太過縱容了？

「姓華？」仲溪午眉頭越皺越深。

我下意識地將華戎舟護到身後，回覆：「只是同姓，不是華府之人。」

仲溪午看著我，眼神卻讓我發毛。我只得放棄了出宮的打算，打了個馬虎眼後，便老老實實地回宴席接著看戲。

然而屁股還沒坐到位置上，獻舞的舞姬中突然飛出幾個身影，直指幾個座位，其中就有華府。

又來了？我是不是和大型聚會有仇？次次都沒我好事。祭祖典禮也是，上次給男三的洗塵宴也是，這次還是。

我下次打死也不參加這些亂七八糟的聚會了，危險係數太大。

隨著一聲「有刺客」，宴席又亂成一團，我嘆了口氣後閃身躲在華戎舟後面。

這次小說裡不存在的行刺……目標是誰？仲溪午方才在我身後，沒來得及踏入大殿刺客就行動了，他如今被嚴嚴實實地護在殿外面，那麼這次的行刺目標不是皇帝。

我默默觀察著四周的情形，然後看出了不對勁來。

這次的刺客，似乎是兩撥人，因為無論是出手的招式還是彼此之間的協作，都太過彆扭。華戎舟擋在我身前，將我護得密不透風。

突然響起一聲尖叫，我看到翠竹跌倒在地，她是一個丫鬟，身邊沒有護衛。看了看我身邊的華府侍衛，我開口對華戎舟說：「你去翠竹那邊。」

華戎舟彷彿沒聽到我說話，一動不動，我正欲再開口，刺客的攻勢突然變得猛烈起來，尤其是針對我所在的位置。

難道目標是我？

可究竟是誰做的？我看向牧遙的位置，發現她身邊並未比我好上多少。

這也太奇怪了吧？

身邊侍衛一個個地減少，看起來似乎是要對我下死手。我究竟得罪了誰？

只是眼下的情況不容我思考，我隨著華戎舟一步步地後退，突然後心處一陣發涼。

這種感覺太熟悉了，曾經我為仲夜闌意外地擋了那一箭時，就是這種感覺。

來不及轉身回頭，就聽到華夫人一聲慘叫：「深兒——」

華深？

腦子還沒反應過來，我的身子就被人推開跌倒在地。華戎舟反應迅速，扶起了我，我才有時間抬頭看。

只見剛才我站立的位置，華深跪坐在地，以手撐地，他的胸膛……一柄長劍穿刺而過。

黑衣人的目標果然是我。

那刺客見一擊未中，便抽劍又向我襲來。

彷彿是慢鏡頭，華深手捂胸口那個血洞，看著我咧嘴一笑，還是一如既往地傻氣。

刺客被華戎舟擋住，我挪到了華深面前，想說話喉嚨裡卻吐不出一個字。

「妹……妹妹……妳……之前中箭也……也是這麼疼嗎？」華深嘴裡含混不清地說著，血慢慢在地上積了一攤。

我伸出手，才發現我的手抖得如同得了帕金森，我扶住他將要倒地的身子，嘴裡下意識地問：「你為什麼要替我擋？」

華深頭枕在我的手臂上，費力地開口：「妹妹……不也曾為我擋在晉王面前嗎？我……我這個做哥……哥哥的，又怎麼會對……對妳的危險視而不見？」

華深瘦了一半的臉，已經隱約顯露出清俊的面容，他擠出一抹微笑，再沒有往日的油膩和猥瑣。

我突然想起來我之前對他的稱呼——胖粽子、紈褲、二傻子……他雖被我嫌棄，卻一直腆著臉湊過來，從來沒有因為我的惡劣態度，對我有過一絲怨言。

這個我一直以來看不上的紈褲，卻是這個世界上唯一一個真心對華淺的人。

我深吸了口氣，才止住心底裡升起來的戰慄。

「哥哥，你不會有事的……我現在就……」

然而下一秒，我脖頸一疼，眼前一片漆黑。

昏迷之前，我唯一的想法就是——我不能昏過去，我要親眼看著華深沒事才行。

卻終究事不遂人願，再次醒來時，身上一陣劇痛，我睜開眼，差點又昏過去。因為我腳下是……懸崖，我被綁得結結實實，吊在懸崖頂的一棵樹上。強忍住心裡對高度的恐懼，我看向四周，接著不由得一愣，我發現和我一起被吊起來的還有……牧遙，我們如同兩條被掛起來風乾的鹹魚。

她似乎還在昏迷。

這時一道低沉的聲音響起：「終於醒了？」

我轉頭看向懸崖上，是兩名蒙面黑衣人。

看到我胸口乾涸的血跡，我心裡一抽，滿是怒氣地看向他們：「這次的襲擊是你們做的？想要我的命又為何多此一舉把我綁在這裡？」

也不知道華深怎麼樣了。

黑衣人對視了一眼，猶豫片刻後才開口：「想殺妳的那一撥，不是我們。」

「那你們是想做什麼？我和你們有何仇怨！」

黑衣人卻沒有回話，只是側耳聽了聽，然後轉過身去，丟下一句：「妳等一下就知道了。」

片刻後，仲夜闌的身影出現了，他身後還跟著幾個侍衛。他看到這個情形，頓時雙目噴火，看向那兩個黑衣人。

黑衣人並未畏懼，只是將手裡的長劍插在懸崖上的樹枝裡，讓仲夜闌不敢上前一步。

「你可知你綁的人是誰？」仲夜闌雙目如同兩個火球。

其中一個黑衣人回道：「既然綁了，自然是知道的，晉王爺選一個吧。」

聽到這句話，我心裡忍不住翻了個白眼，什麼亂七八糟的，這人是鬧著玩的嗎？怎麼這麼幼稚，來懸崖上玩極限挑戰？

只是我還未說話，就聽仲夜闌開口：「你們到底有什麼目的？」

「沒什麼，就是我家主子和晉王爺有些過節，就喜歡看你為難罷了。」黑衣人開口，語氣滿是挑釁。

在仲夜闌暴走之前，另外一個黑衣人又開口：「只要晉王爺選一個，我們就會說話算數放一個，剩下一個就要去這懸崖潭底餵魚了。」

潭底？我心裡一動。

這時牧遙也悠悠轉醒，和我對視後，她也不由得一愣。她先轉開了視線，看向仲夜闌。

那兩個黑衣人見仲夜闌一直沉默，對視一眼，然後就把劍往樹枝裡刺了幾分，我和牧遙的身子都隨之抖了抖。

仲夜闌目光一縮，腳下意識地邁出一步。

黑衣人又開口：「若是晉王爺不選，那就兩個都別要了。」

聽到這裡，我忍不住要發笑，這黑衣人當真莫名其妙，再等一天我就和仲夜闌和離了，現在著急跳出來，透露著一種小家子氣。

其實剛才仲夜闌已經做了選擇，他緊張地邁出的那一步……是向著牧遙。

黑衣人……兩撥刺客……潭底……選擇……

綜合這些訊息，我有了個大膽的想法，於是我扭動了一下被綁在身後的雙手，然後開口衝著黑衣人說：「喂，你們是不是第一次做綁架這種事情？」

那黑衣人一愣，回頭看我，未遮住的眼睛裡滿是疑惑。

我輕笑，無視仲夜闌略帶緊張的雙眸，繼續對黑衣人說：「你們不知道綁人之前要先搜身嗎？」

不等黑衣人反應，我扭頭看向牧遙：「記住，這次是妳欠我的。」

她的眼睛驀然瞪大，然後我的身影在她瞳孔裡越來越小——我將那只手鐲變成小刀，割斷了繩子。

37

風急速地從耳邊擦過，如同刀子一樣割裂著肌膚，在這緊要關頭，我竟然還不忘把鐲子扭回來戴上。

彷彿只是幾秒鐘的時間，我就重重地砸入水面，激起一大片水花，胸腔被此番衝擊逼得差點一口血噴出來。喝了幾口水後我才掙扎著游到了岸邊，還好掉落的地方離岸邊不遠。

游泳果然是生存必備技能，真是沒浪費我當初花的一個月薪水。

爬到岸上後，我發現身上大大小小全是傷口，左腿也生疼。方才掉落時身上全是擦傷，無數條藤蔓被我壓斷，幸好最後還有一根樹枝掛了我的腿一下，阻了我的降勢，要不然我恐怕剛入水就被砸暈過去了。

這就是所有小說裡的掉落懸崖不死定律！

不過我敢這麼冒險，還有別的原因，但那要等我上去之後才能解決。現在的局面證明，我，賭對了。

仰面朝天躺著歇了片刻，看著天色一點點暗下來，我深吸了口氣。

不能原地不動，我要往河流的上游去，一般那裡都會有人家居住。要不然這荒郊野外再加上天黑，多嚇人，指不定會來隻野獸，我孤身一人，簡直就是自投羅網。

忍著身上的疼痛，一瘸一拐地沿著河岸走著。天色終於黑下來了，不過此時的月亮倒是空前明亮，可能是老天知道我有夜盲症，所以格外照顧我。

我心裡這樣安慰自己。不知道走了多久，還是沒有一點人煙。

說實話，大半夜孤身走在這荒郊野嶺，還真有點嚇人，四周太安靜了，只有水流的聲音。

我眼睛不敢亂看，精神緊繃著，因為越是四處看，心裡越害怕，心跳太過劇烈，我感覺耳中迴盪的全是心跳聲。

我不由得有點後悔，瞎逞什麼能？還不如老實待在懸崖上配合一下，等仲夜闌來選。

我手裡緊緊握著鐲子小刀，隱約好像聽到了一些別的聲音，一些不同於水流的聲音。

正好看到前面有一塊巨石，我走過去蹲在它後面，躲起來，不出一點聲響，細心聆聽。

果然有別的聲音，有點像是腳步聲，聽不出來是人還是獸。

我掉下來的懸崖雖不是很高，但是這裡山勢地形都格外崎嶇，就算仲夜闌馬上派人下來搜查，恐怕此時也到不了崖底，所以肯定不是他的人。

那就是野獸或者……

月黑風高，荒郊野外，之前看過的野外拋屍電影一幕幕擠進腦子裡。

我都想抽自己了，越是害怕，腦子裡的情節反而越清晰、越血腥。

偏偏這個時候，不知道為什麼，月光被雲朵遮住了。此刻的野外，在我這種輕度夜盲症的眼裡，簡直是一片漆黑。

聲音越來越近，一步一步似乎踏到了我的心上，終於腳步聲在石頭旁停下。

我再也忍不下去了，直接閉著眼揮舞出刀子，手腕突然被一個冰涼的手掌握住。

我一抖，接著聽到一個熟悉的聲音：「我終於找到妳了。」

睜開眼睛，還是看不清，不過片刻後，月亮像是說好的一樣露出了頭，眼前一點點亮起。

我看見了華戎舟那張臉。

眼睛有點溼潤，終於看見個認識的大活人了，看見他比看到雪中送炭的人還貼心，剛才我可是被嚇得都想投河了。

我直接撲了上去，給了他一個大大的擁抱：「我的媽呀，原來是你啊。剛才可真是嚇死我了，我都不知道自己竟然這麼膽小，終於有個人來和我一起……」

華戎舟一動未動，他伸手把我扯下來，握住我手腕的手掌慢慢收緊，語氣裡沒有一絲情感：「我給妳這鐲子，是讓妳防身，不是讓妳用來自行了斷的。」

這語氣……還是之前那個軟萌聽話的小侍衛嗎？是不是披著華戎舟皮的妖精？人設的轉變讓我的腦子變得呆滯，還沒反應過來他口中的「我給妳……」就聽到他嘆了口氣，然後鬆開我的手腕蹲下來扶住我的左腳踝，捏了幾下後才說：「沒有傷到骨頭，等下上去找些藥水擦一下就可以了。」

我剛才就走了一步，他怎麼知道我左腿傷了？觀察力也太好了吧。然後就見他轉了個身，背對我說：「我背妳上去。」

我這才發現他一身黑袍也是溼漉漉的，難不成是因為找我掉水裡了？不過話說回來，從山頂走到這裡，應該沒這麼快吧。

「不用了，我還能走。」我有點尷尬地拒絕了，然後抬步繼續走。

華戎舟並沒有阻攔，而是默默地跟在我身後。

他的影子投在我的旁邊，我沒有回頭看，只是盯著那個影子，心裡說不清楚地彆扭，還在他方才指責我的語氣裡沒反應過來。這種感覺就像是一直比你矮的人突然有一天俯視你了。

沒留神，本來瘸著的左腿踩到了一塊石頭，一陣尖銳的疼痛傳來。我腿一軟，然後左手臂和腰上就多了一雙手掌。

「我……」沒事。話還沒說完，華戎舟就鬆開手在我面前蹲下，說道：「上來。」

這次我沒拒絕他的好意，爬了上去，突然想起來，上次我喝多了，好像也是他背我下了二十層樓。

後來我醒來忙於華府的事，就忘了這回事，也沒跟他道聲謝。那可是二十層啊，感到有一點心虛，我就沒話找話地說：「你怎麼知道我掉下來了？宴會後來怎麼樣了？華……兄長他又如何了？」

華戎舟的聲音悶悶地傳來：「王妃和牧側妃被擄走後，我是緊跟著……晉王到的山頂，因此不知宮宴和華公子後來的情況。」

「那我怎麼好像沒在山頂看到你呢？」壓下心頭隱隱的不安，不敢多言，我故作輕鬆地轉移了話題。

「王妃對我一向不加留意，我習慣了。」華戎舟聲音淡淡的。

這話說的，我有那麼冷落他嗎？

「不是的，在崖頂我被綁著吊起來晃得頭暈才沒有……」我努力解釋。

「那妳還記得第一次見我嗎？」華戎舟突然問道。

我回憶了一下，開口：「祭祖典禮上？」

華戎舟沒有接話，就在我以為他不會回答我時，他才開口：「果然如此。」

「什麼意思？」我忍不住皺起了眉頭。

「那王妃也不記得問過四次……我的姓名？」華戎舟的聲音聽著有點低落。

我問過他那麼多次？不可能吧，我的記憶力應該沒那麼不好。

正當我準備繼續問時，突然聞到一股血腥味。我一愣，下意識地說：「你受傷了？」

華戎舟步子未停，說道：「小擦傷罷了。」

「擦傷？是在樹林裡面傷的嗎？話說你是怎麼下來的呀？而且怎麼只有你一個人啊？」我心裡越發疑惑。

「王妃是還想見誰？」

這孩子今天語氣怎麼這麼不好啊？如同看到我弟弟我說一句他頂一句的樣子，我直接伸手揪著他的耳朵教訓：「怎麼說話的？沒大沒小，我可是王妃……」

「妳不是都和離了嗎？」

這句話堵得我啞口無言，我卻還是嘴硬道：「那我也比你大，你還是要尊敬我的。」

「妳和離之後，我應該喚妳什麼？」華戎舟卻是避而不談。

我還沒想過這個問題，若是日後帶著他們去江南小鎮隱居，那他們是要喚我「小姐」嗎？還是感覺叫我「姊姊」比較好，終歸我比他們都大。

我沉浸在思考中，突然感覺華戎舟身子一僵，聲音似乎也帶上了幾分惱意：「妳是沒想過離開晉王府時要帶上我嗎？」

「當然不是。」我趕緊否認，身邊能用的就這幾個人，怎麼可能不帶走他呢？我嘴上還是調侃著：「就是衝著翠竹，我也得把你從晉王府要走啊。」

華戎舟突然停了下來，不動了。

我鬆開手，發現他耳朵都被我揪紅了，我有點尷尬地問：「怎麼不走了？是累了嗎？要不要休——」

「王妃日後不要再把我推給翠竹了。」他的聲音打斷了我。

「嗯？」我下意識地回應。

「無論是在院子裡玩鬧時，還是在遇襲時，都不要再把我推給翠竹了。」華戎舟開口，我只看到他的側臉，眼眸低垂著。

「我還以為你在宴會上沒聽到我說話呢，聽到了為什麼……」

「因為我有心悅的人了。」少年如同宣誓一般鄭重的語氣，成功讓我把話噎在了喉嚨裡。

洗鉛華 上

作　　者／七月荔
執 行 長／陳君平
榮譽發行人／黃鎮隆
協　　理／洪琇菁
總 編 輯／呂尚燁
執行編輯／陳昭燕
美術監製／沙雲佩
美術編輯／陳又荻
國際版權／黃令歡、梁名儀
企劃宣傳／楊玉如、施語宸、洪國瑋
文字校對／施亞蒨
內文排版／謝青秀

國家圖書館出版品預行編目資料

洗鉛華 / 七月荔作 . -- 1 版 . -- 臺北市：城邦文化事業股份有限公司尖端出版：英屬蓋曼群島商家庭傳媒股份有限公司城邦分公司尖端出版發行, 2022.07
冊；　公分
ISBN 978-626-338-040-0（上冊：平裝）

857.7　　111007778

出版／城邦文化事業股份有限公司　尖端出版
台北市 104 中山區民生東路二段 141 號 10 樓
電話：（02）2500-7600　傳真：（02）2500-2683
讀者服務信箱：7novels@mail2.spp.com.tw
發行／英屬蓋曼群島商家庭傳媒股份有限公司城邦分公司　尖端出版
台北市 104 中山區民生東路二段 141 號 10 樓
電話：（02）2500-7600　傳真：（02）2500-1979
劃撥專線：（03）312-4212
戶名：英屬蓋曼群島商家庭傳媒（股）公司城邦分公司
劃撥帳號：50003021
※ 劃撥金額未滿 500 元，請加付掛號郵資 50 元
法律顧問／王子文律師　元禾法律事務所　台北市羅斯福路三段 37 號 15 樓

台灣地區總經銷／中彰投以北（含宜花東）　楨彥有限公司
電話：（02）8919-3369　　傳真：（02）8914-5524
雲嘉以南　威信圖書有限公司
（嘉義公司）電話：（05）233-3852　　傳真：（05）233-3863
（高雄公司）電話：（07）373-0079　　傳真：（07）373-0087
馬新地區總經銷／城邦（馬新）出版集團 Cite（M）Sdn Bhd
電話：603-9057-8822　　傳真：603-9057-6622
E-mail：cite@cite.com.my
香港地區總經銷／城邦（香港）出版集團 Cite（H.K.）Publishing Group Limited
電話：852-2508-6231　　傳真：852-2578-9337
E-mail：hkcite@biznetvigator.com

版　次／ 2022 年 7 月 1 版 1 刷　Printed in Taiwan